東京創元社

人物

久蔵
太鼓長屋の大家の息子

千弥
太鼓長屋に住む
按摩の青年

弥助
千弥の養い子

玉雪
兎の妖怪

梅吉
梅の子妖怪

毛丸
手鞠の付喪神

その他の人物

初音……華蛇族の姫
一彦
二吉……月夜公の尻尾を支えるねずみ
三太
宗太郎……貸し道具屋古今堂の若旦那
伝兵衛……河童
お志麻……百蓮堂の大おかみ
さみどり……かんざしの付喪神

登場
飛黒
烏天狗
月夜公
妖怪奉行所
東の地宮の
奉行
津弓
月夜公の甥
まるも
寝言猫
宗鉄
化けいたち。
妖怪の医者
みお
宗鉄の娘
十郎
仲人屋
青寿
尼

目次

妖怪の子預かります 4

序章

深い山の中、一人の子どもが、父と母と三人で暮らしていた。

父はとてもいそがしい人で、夜に家にいることはまずなかった。日が暮れると外に出かけ、その子が目覚めるころに帰ってくる。

でも、昼間は、ずっと遊んでくれた。

山は二人の遊び場だった。春は花を探して歩きまわり、夏は川で泳ぎ、秋は木の実やきのこを探し、冬は雪やつららで遊ぶ。

やさしい父のことが、子どもは大好きだった。

だが、ある日、子どもは変わる。

あれほど好きだった父親をきらうようになったのだ……。

1　ねずみたちの願い

江戸の貧乏長屋の一つ、太鼓長屋に、弥助という少年が住んでいた。歳は十四になったばかり。どこにでもいそうな少年だと、見た者は思うだろう。

だが、弥助は特別な子だった。妖怪の子どもを預かる、妖怪の子預かり屋なのだ。

初めは無理やりまかせられた役目だが、いまではすっかり妖怪たちとも仲良くやっている。これだけ早く仲良くなれたのは、弥助の養い親が妖怪だったせいかもしれない。

養い親の千弥は、いまは目の見えない按摩だが、かつては白嵐と呼ばれていた大妖怪なのだ。

弥助は一年前までそのことを知らなかった。知ったからといって、別におそれたりもしなかった。正体がなんであれ、弥助にとって千弥はあくまで「大好きな千にい」なのだ。

その気持ちは変わらない。

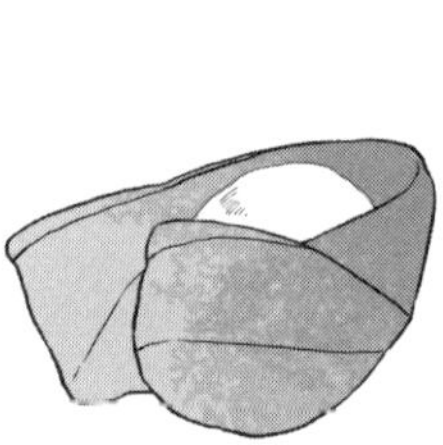

というわけで、千弥に守られながら、弥助は妖怪の子預かり屋として、二度目の春を迎えようとしていた。

そして、その夜も客がやってきた。


「お世話になりまする」

小さな声と共に入ってきたのは、三匹の白いねずみだった。茶色のそろいの着物を身につけ、うしろ足でしゃんと立つねずみたち。少し無表情だが、かしこまった様子は品がいい。

弥助は息をのんだ。この三匹は、妖怪奉行の月夜公に仕えているねずみたちだ。月夜公の三本の尾を支えるのが役目で、弥助も何度か会ったことがある。だが、言葉を交わすのはこれが初めてだ。

まさかと、弥助ははっとした。

彼らがここにいるということは、月夜公も来ているのか？

あわててうしろを見たが、月夜公はいなかった。そのことに、まずはほっと胸をなでおろした。弥助は少し、いや、かなり月夜公のことが苦手なのだ。

（月夜公のことが平気なのって、千にいと、月夜公の甥っ子の津弓くらいだもんな）

そんなことを思いながら、弥助はかがみこんで、ねずみたちに話しかけた。

「月夜公のとこのねずみたちだよな？」

「はい。左から、一彦、二吉、三太と申しまする」

三匹はていねいに頭をさげてきた。

「今夜は、我らの子を預かっていただきとうございまする」

「ああ、いいよ。どこにいるんだい？」

ねずみたちはもそもそと動き、小さなものを取りだしてきた。

「こちらが四朗でございまする」

「………」

弥助は穴の開くほどそれを見つめた。

石だった。白いなめらかな小石に、墨で目鼻が描いてある。茶色の布で大切そうに包まれていて、まるで赤ん坊のようだが、石は石だ。

弥助は言葉に困ってしまった。

「あの、これって……」

「おどろかれるのは無理もないこと。されど、まずは我らの話を聞いてくださりませ」

三匹のねずみはゆっくりと語りだした。

「我らはもともと、主さまの術によって生みだされたものでございまする。ですが、名を与えられ、主さまに長くお仕えするうちに、少しずつ心というものが生まれてまいりました」

「心が生まれると、次に想いが芽生えてまいりました。主さまにお仕えできる誇らしさ、日々のちょっとしたことへのよろこび、そして欲……」

「欲？」

「はい。主さまの津弓さまへの愛しみを間

近で見るうちに、我らは強く思うようになったのでございまする。ああ、我らもあのような相手がほしい。だれかを守りたい。愛しみたい。そういう欲が出てきたのでございまする」

　ようやく弥助もわかりかけてきた。

「それで、子どもがほしくなったんだね？」

「はい。されど、我らは主さまの術より生まれたもの。我ら自身は術を使えず、子を生みだすことはかないませぬ」

「そこで、我らは一つの案を思いついたのでございまする。術をかけなくとも、一つのものに想いを注ぎつづければ、それはやがて、妖怪としての命を宿すかもしれぬと」

「それが、この石？」

「はい。四朗と名づけました」

「良い子になれ良い子になれと、朝に夕に、我らはこの子に語りかけておりまする」

「まあ、それはさておき、これより三日間、我らは主さまのおともで、大首の大臣の館にまいらねばなりませぬ」

「されど、四朗を連れていくわけにはまいりませぬ。その、主さまには四朗のことはまだないしょでございまするゆえ」

「そこで、弥助殿に四朗をお預けしたいのでございまする。なにとぞなにとぞ、お願い申しあげまする」

深々と頭をさげられ、弥助はぽりぽりと鼻をかいた。なんともおかしな頼みだ。小石を、子どもとして預かってほしいとは。

だが、弥助はうなずいた。

「いいよ。引きうけた」

「ああ、よかった！　ありがとうございまする！」

「あの、できれば、四朗をいつも身につけていていただきとうございまする」

「なんでだい？」

「はい。人というものは、想いの強いものでございまする。まして、弥助殿は情け深い。弥助殿に触れているだけで、四朗はより早く目覚められると思うのでございまする」

「わかったわかった。それなら、ずっと身につけておくし、なるたけなでたりするようにする。それでいいかい？」

「ありがとうございまする」

よろしく頼むと、何度も言いながら、ねずみたちは去っていった。

戸口を閉める弥助に、それまでだまって話を聞いていた千弥が声をかけた。

「変な頼みが来たものだね。引きうけなくたってよかったんじゃないかい？　そんな小石に気をつかうのも、ばかばかしいだろうに」

「うん。ばからしいとは思うけど……でもさ、なんか……すごいなって思っちまって」

「すごい？」

首をかしげる千弥に、弥助はうなずいた。

「あいつら、本気でこの小石を子ねずみにするつもりなんだ。……強く願ったり、大切にしたりすると、ほんとに物に命が宿ったりするのかな？」

「そうだね。妖怪や魔のものは、自然の気や強い想いから生まれてくるものも多い。それを考えれば、どんなことも不思議じゃない。ただの石だって、いずれはなにかに変化するかもしれないね」

「そっか。それなら……おれ、ちゃんとこの四朗の世話をするよ」

「弥助はほんとにやさしい良い子だね」

美しい顔をほころばせ、千弥は弥助の頭をなでた。

こうして、四朗と名づけられた小石は、ちょくちょく弥助に預けられるようになった。さいしょはぎこちなかった弥助も、回数を重ねるごとに慣れてきた。そうなると不思議なもので、なにやらこの四朗という小石が愛しく思えてくる。

弥助は、ひまなときは小石を手のひらにそっと置き、指先でなでてやった。

「なあ、早く生まれてこいよ。一彦も二吉も三太も、首を長くして待ってるんだからさ」

ささやきかければ、小石がちゃんと聞いているような気がした。

また四朗を預かった夜のこと、弥助は千弥にたずねた。

「千にい。この四朗がちゃんと生まれてくるのって、いつになるのかな？」

「ねずみたちはずいぶん心をこめて世話しているようだし、こうしておまえも大事にしてやってるからね。意外と早いかもしれないよ。まあ、百年くらいかね」

うへっと、弥助はがっくりした。

「そんなにかかるもんなの？」

「ただの石ころに命が宿ることを考えたら、百年だって短いくらいだよ」

「そりゃそうだけど……おれ、四朗が生まれてくるの、見られそうにないね」

「……なんだったら、いますぐうぶめのところに行って、目玉を返してもらってくるよ。わたしが力を取りもどせば、そんな石の百や二百、一気に変化させられるから」

「だ、だめだよ！」

弥助はあわてて千弥を押しとどめた。千弥の力の源である目玉は、いまは子預かり妖怪うぶめの住まいとして使われているのだ。

「いいよいいよ！　おれ、別に四朗の誕生なんか見たかないし！」

「弥助、無理するんじゃないよ。おまえはもっとわがまま言っていいんだから」

「いいって！　この話はおしまい！　ね？　おしまいにしよ！」

冷や汗をにじませながら、弥助は無理やり話を切りあげようとした。

このときだ。

いきなり、戸口を開けて、若い男が飛びこんできた。

「かくまってくれ！」

この男、名を久蔵という。太鼓長屋の大家の息子にして、このあたりきってのお調子者、そして弥助の天敵だ。

このところ、恋人ができたとやらで、弥助たちの前にはちっともすがたを現さなかったのに、なんともまあ、いいときにやってきたものだ。

弥助と二人きりの時間を邪魔され、千弥は不機嫌そうに言った。

「なんですか、久蔵さん。こんな夜に押しかけてくるなんて。かわいい恋人ができたんでしょう？　こんなところに来ないで、さっさと家に帰って、でれでれしてらっしゃい」

「で、でれでれって、あのね、千さん！　言っとくが、そういう色っぽい話はいっさいありゃしないよ。そりゃ、あちこち連れて歩いちゃいるけど、恋人っていうより、妹みたいなもんだよ。あれこれ見せてやると、よろこぶもんだから、こっちとしてもかわいくてさ」

「それなら、なおのこと恋人のところに行けばいいじゃありませんか」

「それがそうもいかないんだよ。ちょいとあの子がかんしゃくを起こしちまってね。頼むから、一晩泊めておくれよ」

「情けない。女の相手はお手のものでしょうが」

「あいにくと、妹分にはからきしだめなのさ」

久蔵は力なく笑ってみせた。

「おれのことを好きと言ってくれて、そりゃうれしくもあるんだけど。……おれとしちゃ、まだまだいい兄貴分でいたいんだよねぇ。それにさ、ひどいんだよ。おれがちょっと他の女と話したりすると、すぐ焼きもちを焼いてきてねぇ。ああいうところは一人前の女だから、おどろいちまう。おい、わかるかい、弥助？　女の子って、かわいいけどこわいんだぞ」

「わかりたくないよ」

「わかるようになれって、言ってんだよ！」

「弥助に絡むなら、出ていってくださいよ、久蔵さん」

「あ、すんません。あやまるから、追いださないで」

へこへこする久蔵。よっぽどまいっているらしいと、弥助は少しおどろいた。

ともかく、久蔵は一晩泊まることになった。

「やれやれ、助かった」

ほっとしたように、久蔵は手ぬぐいを引っぱりだして、首をぬぐいだした。そのとき、色あざやかなものがふところからのぞいた。弥助は目ざとくそれに気づいた。

「なんだい、それ？」

「ああ、これ？　端切れだよ。きれいだろ？」

久蔵が取りだしてみせたのは、何枚もの、色とりどりの布地だった。女物らしく、あざやかな色地に花や鳥の模様が華やかだ。

「今日、呉服問屋に行ったから、ついでに買ってきたのさ。うちのおっかさんは、こういう端切れを縫いあわせて、お手玉なんかをこしらえるのが好きでね。みやげにと思ったんだけど、あの子とけんかしちまって、家に帰らずに逃げてきたから、渡せずじまいだ」

「へえ、ご機嫌とりも楽じゃないね」

「余計なお世話だよ。千さん、このがき、なんとかならないのかい？　なにかっていうと、へらず口ばかりじゃないか」

「それこそ大きなお世話です。うちの弥助に文句がある人は、どうぞお帰りください」

「またそうやって、おれのことばかりいじめる。ひどいよ。ひいきはよくないよ。おれにももっとちゃんとやさしくしておくれよ」

「なんでです？」

「なんでって、友だちじゃないか！」

久蔵と千弥が言いあっている間も、弥助は端切れの束から目がはなせなかった。特に目を引いたのは、赤い端切れだった。椿のように濃い赤の地に、白い小さなしぼり染めが小花のように散っている。

あることが頭にうかび、弥助は久蔵に声をかけた。

「久蔵。この赤い布、おれにくれない？」

「おまえもお手玉でもこしらえる気かい？　ま、泊まり賃がわりだ。一枚と言わず、全部持っていっていいよ」

「い、一枚でいいよ」

そうして赤い端切れが手に入った。

翌日、久蔵が帰ったあと、弥助は裁縫箱を取りだした。弥助は針仕事もそこそこできる。小さな端切れをはさみでさらに小さく切りわけ、ちまちまと縫いはじめた。

針仕事の音を聞きつけたのだろう。千弥が身をよせてきた。

「なにを作っているんだい、弥助？」

「うん。四朗にね、着物を作ってやろうと思って」

四朗を包んでいる布は、上等だが色が地味だ。赤子の着物には、魔除けとなる赤や黄色が良いとされていることだし、どうせなら、こういうあざやかな布で包んでやりたい。そう思ったのだ。

「でも、なんだってそんなことを？」

「うん。四朗が石から変化したときにさ、おれが作った着物を四朗が着てくれたらうれしいなって思って」

「そうだね。ねずみたちもきっとよろこぶよ。よし。わたしも手伝おう。なにをすればいい？」

「あ、いや、こ、これはおれがやりたいから！」

弥助はあわてて裁縫箱を千弥から遠ざけた。千弥に針と糸を持たせたら、百年たってもぞうきん一枚仕上がらないだろう。そういうところは、おそろしく不器用なのだ。

手伝いたがる千弥をなんとかかわしながら、弥助は小さな着物を縫いあげた。我ながらよくできたと、弥助は満足した。

一彦たちが迎えに来たら、四朗といっしょに渡してやろう。

ねずみたちのおどろく顔を思うと、わくわくした。

次の夜、戸が叩かれる音に、弥助は戸口へと向かった。

「んげっ！」

戸を開け、弥助はのけぞってしまった。月夜公がそこにいたのだ。顔の半分を半割りの赤い般若面で隠した月夜公は、今夜も美しく、そして不機嫌そうだった。そのうしろでは白い尾が三本、炎のようにゆらゆらとゆれている。これもまた機嫌の悪い証拠だ。

へたりこんでいる弥助を、月夜公はじっと見つめてきた。

「吾のねずみどもがこのところ、ここに出入りしているそうじゃな？　なにゆえなのか、話してもらおう。うそをつかず、はっきり申せ」

妖怪奉行が相手では、ごまかしもうそもつけるわけがない。しかたなく、弥助はねずみたちと四朗のことを話した。

月夜公はあきれたように鼻を鳴らした。

「ふん。このところ、あやつらの働きぶりに妙にむらがあると思うていたが、そういうことであったか。……その小石とやらを、吾に渡してもらおうか」

「……なにをするつもりだい？」

「いいから、渡せと言うておる」

「や、やだよ！」

弥助はあわててふところをかばった。

「四朗を、石をこわすなら、絶対渡さないから！　これ、一彦たちが大切にしている石なんだからな！　い、いくら月夜公だって、やっていいことと悪いことがあるだろ！」

「たわけめ！　吾は妖怪奉行にして王妖狐一族の長なるぞ。許されぬことなど、なに一つないわ！……石を渡せ、弥助。うぬが心配しているようなことはせぬゆえ」

さいごの言葉は静かで、どこか頼みこむような響きがあった。

迷う弥助に、千弥がささやいてきた。

「弥助、石を渡しておやり」

「千にいまで……なんで、月夜公の味方なんかするんだよ？」

「こいつの味方をするつもりはさらさらないよ。わたしはいつだって弥助だけの味方だ。ただね、今回はなにか考えがあるらしい。渡しておやり。もし、なにか良くないことをしでかそうとしたら、そのときはわたしがこいつをするめにしてやるから」

千弥にこう言われては、弥助も逆らえなかった。しぶしぶ小石を月夜公に渡した。

月夜公は指で小石をつまみあげ、しげしげとながめた。

「あのばか者どもめ。この石ころが変化するのを気長に待つつもりであったのか。なんともおろかよな」

月夜公のつぶやきに、弥助はむっとした。

「想いをこめれば、物はあやかしに変化するんだろ？　だったら、ばかなことじゃないよ」

「いいや、ばかげたことじゃ。力の弱い者どものくせに。百年も必死で石の世話をし、その間、吾への奉公をいいかげんにするつもりであったなど、断じて許さぬ。……やつらの思うとおりにはさせぬ」

ぎゅっと、月夜公が石をにぎりしめたので、弥助は真っ青になった。

「な、なにするんだ！　やめろ！」

だが、弥助がむしゃぶりつく前に、月夜公はふたたび手を開いた。

弥助ははっとした。月夜公の手の上に、小さなねずみがいたのだ。

本当に小さな、まだほんの赤ん坊のねずみだ。桃色の肌にはほとんど毛がはえておらず、目も開いていない。身を丸めて眠っている。

口をぱくぱくさせている弥助に、軽蔑したように月夜公は言った。

「あわて者め。吾が石を砕くとでも思うたのかえ？」

「だって、断じて許さぬって……」

「むろん許さぬとも。吾に隠れて、こそこそ動きまわるなど許せるわけがない。じゃから、こうして罰を与えてやったのよ」

「罰？　これが？」

「そうとも。あの三匹は、石が変化するのを楽しみに待つつもりであったはずじゃ。わくわくとしながら、じっくりと腰を据えてな。じゃから、その待つという楽しみを奪ってやったのよ。ふん。思いどおりにならず、よい気味じゃ」

ふんぞりかえりながら、月夜公は子ねずみを弥助に渡した。

「やつらが来たら、子ねずみを渡してやれ。生まれるその場に立ち会えなかったことを、さぞくやしがるであろうよ」

「……月夜公ってさ」

「なんじゃ？」

「……ううん。なんでもない」

弥助はあわてて顔を伏せた。そうでもしないと、笑いだしそうだったのだ。

ぷいっと、月夜公は横を向き、そのますがたを消した。

弥助は千弥をふりかえった。

「わかっちゃいたけど、月夜公って、ひねくれてるよね」

「そうだね。あの三匹の想いに応えてやりたいのだと、素直にそう言えばいいのに。ばかなやつだよ。まあ、よかったじゃないか。そうだ、せっかくだから、弥助が作った着物を着せてやってごらん」

「うん、そうするよ」


半刻後、ねずみたちがやってきた。赤い着物に包まれ、すやすやと眠る子ねずみを見て、三匹がどれほどおどろき、よろこんだかは言うまでもない。

2　手鞠に宿るもの

その日、弥助は貸し道具屋の古今堂に向かった。

貸し道具屋と言うのは、その言葉どおり、道具を貸しだしてくれる店のことだ。古着から、値打ちのある焼き物まで、ありとあらゆる物がそろっている。だから、貸し道具屋を頼る者は多い。

弥助も、子預かり屋になってからは、ちょくちょく古今堂に通うようになった。おかげで、いまでは若旦那の宗太郎ともすっかり顔なじみだ。

へちまのように顔が長い宗太郎は、いつもふにゃりとやわらかな物腰だ。が、そのへろへろとした見た目に反して、じつはとてもしっかり者で、面倒な客が来てもびくともしない。久蔵とは大ちがいだと、弥助は宗太郎のことを尊敬していた。

「こんにちは。宗太郎さん、いるかい？」

声をかけながら、弥助は店に入った。

宗太郎は奥にいた。なにやら壺の底を熱心に見ていたが、弥助が近づくと、にへらと笑いかけてきた。

「やあ、弥助さん。また来てくれたんですね」

「うん。この前の掛け軸、返しに来たんだ。ありがとう。助かったよ」

弥助は持ってきた細長い桐の箱を、宗太郎に差しだした。どれどれと、宗太郎は箱を受け取り、中の掛け軸を取りだして、さっと広げた。

そこに描かれていたのは、ころころとした二匹の子犬だった。遊び疲れて眠ってしまったのだろう。あどけない顔をよせあって、丸くなっている。その横では黄色い野花が咲いている。

ただそれだけの絵だ。だが、その筆づかいはすばらしく生き生きとしていた。春の日差しで温められた地面、そこにはえた草の匂い、子犬たちの寝息。そういったものが、見るだけでこちらに伝わってくるのだ。

ざっと絵を調べてから、宗太郎はうれしそうにうなずいた。

「うん。毎度のことながら、きれいに返してくれたもんですね。傷も汚れもついていない。

それじゃ損料は返しましょう」

道具を貸しだすとき、店はあらかじめ多めの代金を受けとっておく。品物がそこなわれたり持ち逃げされたりしても、店に損が出ないようにするためだ。そのかわり、無事に品物がもどってくれれば、それは返してくれる。そのことを損料と言うのだ。

弥助に金を渡しながら、宗太郎は首をかしげた。

「それにしても、弥助さんは変わった物ばかり借りますね。真夏にこたつ。真冬に風鈴。かと思えば、今回はこの絵。お客の事情には口をはさまないものですけど、さすがのあたしも興味がわきますよ。いったい、どんな訳でこういうのを借りたがるんです？」

「あはは、まあ、ちょっとね」

弥助は笑ってごまかした。

こたつにしても風鈴にしても、もちろん妖怪がらみだ。この絵も、紙妖怪の子のために借りた。居心地よさそうな絵の中に入らないと眠れないと、ごねられたのだ。

が、そんな事情は口が裂けても言えない。

笑ってごまかす弥助に、宗太郎も肩をすくめて笑った。

「ま、深くは聞きませんよ。せっかくのお得意さまを失いたくないですからね。それで今日は？　なにか借りていきますか？」

「うーん。そうだなぁ」

弥助はぐるりとまわりを見た。子妖怪たちのため、なにかおもちゃでも借りておこうか。そう思ったとき、色あざやかなものが目の端に映った。宗太郎の足元に置かれた籠に、無造作に突っこまれている。

「それ、なんだい？」

「ああ、これ？」

宗太郎はそれを引っぱりだしてみせた。

手鞠だった。手のひらにのるほどの大きさで、地の色はきれいな朱色。そこに、金と青の糸で美しい模様が縫いとりされていて、とても華やかだ。

「へえ、手鞠かあ」

「じつは処分しようと思いましてね」

「処分？」

弥助はおどろいた。

商売柄、宗太郎はそれはそれは道具を大事にする。こわれたところやほころびは手を尽くして直し、ちょっとやそっとのことでは捨てたりしない。ましてその手鞠は、ほとんど傷んだ様子もないのだ。

　目を丸くしている弥助の前で、宗太郎はしぶい顔をした。

「これを借りていくのは、たいてい子持ちのお客でね。ところが、どうもよくないことが起きる。これを借りた日から子どもが泣きやまなくなったと、苦情が来るわ来るわ。一度や二度なら、あたしも偶然だと思いますが、毎度のこととなるとねえ」

「だから捨てるのかい？」

「いやいや、こういう物は、ただ捨てるのもあぶないんですよ。だから、お寺に持っていって、お焚きあげをしてもらおうかと」

　どちらにしても、この世から消し去られてしまうのだ。

　弥助はじっと手鞠を見た。きれいな品だ。つかわれている絹糸は上等なものだし、刺繍も美しい。きっと作り手が心をこめて刺していったものにちがいない。

　思わず弥助は言った。

「それじゃさ、おれがもらっていっちゃだめかな？」

「なに言ってるんです？　あたしの話、聞いてなかったんですか？」

「憑き物つきだなんて、そんなのあるわけないよ。いいだろ、宗太郎さん。おれ、なんか気に入っちゃったんだよ、それ。処分するくらいなら、おれにおくれよ」

「だめです」

「そう言わないでさ」

弥助は熱心に頼みこんだ。

宗太郎も、さいごには音をあげた。

「わかりました。そんなに言うなら、あげますよ。でも、なにか起こっても、うちに文句をつけに来ないでくださいよ。供養でもお祓いでも、なんでも自分ですること」

「約束する。ありがと、宗太郎さん!」

手鞠をふところに入れ、弥助は走って長屋にもどった。

留守番をしていた千弥に手鞠を見せたところ、千弥は「ほう」とおもしろがるような声をあげた。

「これはこれは。またおかしなものを連れてきたね」

「やっぱり憑き物がついてるのかい?」

「いや、そうじゃないね」

これは付喪神だと、千弥は言いきった。

「といっても、この手鞠はまだまだ力が弱い。付喪神もどきといったところだね。夜になれば目を覚まして、口をきくかもしれないよ。ただ……子どもを泣かしていたというのが気になるね。少し妙な気もはなっているし……弥助、もしこいつに泣かされたら、わたしに言うんだよ。わたしがとっちめてやるから」

「千にい……おれ、赤ん坊じゃないんだけど」

たははと、弥助は力なく笑うしかなかった。


その夜、弥助が手鞠の前でわくわくしていると、「こんばんは！」と、元気な声がして、二人の子妖が飛びこんできた。

山吹色の衣をまとった子どもは、月夜公の甥の津弓だ。見た目は六つくらい、ぽっちゃりとした色白で、細い白い尾が一本、頭には小さな角が二本、はえている。

その肩に乗っているのは、身の丈一寸半ほどの梅妖怪、梅吉だ。青梅のような緑の体に、茶色の腹がけをつけ、今日もいたずらそうに目をかがやかせている。

「遊びに来たの、弥助！」

「ひさしぶり！　元気だったかい？」

口々に言う津弓と梅吉に、弥助は苦笑した。この二人が来ると、静かだった部屋が一気にうるさくなる。

「ほんとひさしぶりだな。でも、おまえたちのことは聞いてるぞ。鶯谷の仙女さまのところに忍びこんで、大桃の花の蜜を食べちまったんだって？　それに、冬眠中のなまはげ一族にいたずらしたとか」

「うん。なまはげたちのお顔、こわいでしょ？　だから、かわいい顔にしてあげようと思って、梅吉といっしょに、お化粧してあげたの」

「そしたら、なまはげの一人が起きちまってね。そいつが鏡を見て大さわぎしたから、他のもみんな起きちまってさ。もう、さけぶわ泣くわの大騒動。おいら、おばあにしこたま怒られたよ。ほんのちょっと、紅と白粉を塗っただけなのにさぁ」

「津弓も。叔父上に怒られて、ずっと屋敷の外に出してもらえなかったの。でも、今日、やっとお許しをもらったから、梅吉といっしょに弥助のところに来たの。遊ぼう、弥助。津弓たちといっしょに遊ぼう」

「そうだよ。遊ぼうぜ」

「いいけど、骨食いのおじじのところに、人魂を集めに行くのはいやだぞ」

と、そのとき、津弓が弥助のうしろにあった手鞠に気づいた。

「わ、きれい！　それ、どうしたの？　もらったの？」

「まあ、そんなとこだ」

津弓はうっとりとした目で手鞠を見つめた。

「きれい。ね、弥助。津弓、それで遊びたい。ねえ、いいでしょ？」

「いや、これはちょっと……」

「だめなの？」

「うーん。なんか、いわく付きの物らしいし。やめといたほうがいいと思うけどな」

「平気！　だって、津弓、あやかしだもの。いわく付きなんて、こわくないよ。だから、いいでしょ？」

「うーん……まあ、いいけど……」

「やった！」

津弓は嬉々として手鞠を持った。と、梅吉が言った。

「おい、津弓。それ、床に置いておくれよ」

「ん？　どうするの、梅吉？」

「まあ、見てなって」

津弓が手鞠を床に置くと、ぱっと梅吉がその上に乗った。そのまま、足をぱたぱたと動かし、上手に手鞠を転がしてみせる。

「へえ、うまいじゃないか、梅吉」

「へへへ！」

「すごい。いいなあ。津弓も体が小さければ、玉乗りができるのに。……叔父上に頼んで、体を小さくしてもらえないかしら？」

「それより、大きな手鞠がほしいって言えばいいんじゃないか？」

「あ、そうか。弥助は頭がいいね」

けらけらと、三人で笑いあったときだ。

「こらあああっ！　がきども！　いいかげんにしやがれ！」

ものすごいがなり声がとどろくと同時に、ぼんと、手鞠が大きく跳ねた。放りだされた梅吉が、「きゃっ！」と、悲鳴をあげる。

「だ、だいじょうぶか、梅吉！」

「おいら、へ、平気だけど……うわ！」

「きゃあっ！」

梅吉と津弓が悲鳴をあげて、弥助にしがみついた。弥助も目をむいた。

手鞠から、にょきっと、毛深い手足がはえたのだ。上のほうからはぼさぼさした毛がのび、刺繍の花びらが二枚、つりあがったこわい目に変わる。さらに、真ん中のあたりがぱっくりと二つに割れ、牙をはやした口と化した。

あれよという間に、美しい手鞠はなんとも奇妙でおそろしげなものになってしまった。

びっくりしている子どもたちを、ぎょろっと、そいつはにらみつけてきた。

「やいやいやい！　てめえら、なんだってんだ！　このおれさまを踏みつけて遊ぶなんざ、とんでもねえ！　許さねえからな、こんちくしょう！」

「ひえええっ！」

「だいだい、このおれさまはな、てめえらみたいな薄ぎたねえがきどもに触れられていい代物じゃねえんだ！　わかったら、すっこんで……げぶっ！」

手鞠のわめきがいきなり止まった。千弥が手鞠を踏みつけたのだ。

ぐりぐりと、足で踏みつぶすようにしながら、千弥はおそろしい笑いをうかべた。

「どこのどいつか知らないが、わたしのかわいい弥助をがき呼ばわりするとはねえ。おまえ、よほど命が惜しくないらしい」

「ちょっ、ま、待って、げっ！」

「わめかれるのは好きじゃないんだよ。静かにしゃべれないなら、このままつぶすよ」

「つぶしちゃえ！　千弥さん、やっちまえ！」

「そうそう！　やっちゃえ！」

小声で千弥をけしかける梅吉と津弓を、へしゃげながらも手鞠はにらみつけた。

「なんだとぉ！　てめえら、おぼえ

てや、がっ！　や、ほん、と、やめ……」

「せ、千にい！」

ようやく弥助が止めに入った。

「待って！　待ってよ！　こいつがなんなのか、おれ、知りたいからさ。つぶしちゃったら、話を聞けないよ」

しかたないと、千弥は足をあげた。

ちぇっとふくれる梅吉たちをよそに、弥助は手鞠に話しかけた。

「お、おい。だいじょうぶかい？」

「お、おう。平気だぜ。ぴんぴんしてらぁ、こんちくしょう！　がきに心配されるほど、この毛丸さまは落ちぶれちゃいねえや」

「おまえ、毛丸って言うのかい？」

「ああ、そうだ。付喪神の毛丸さまよ。さいしょに言っとくが、おれさまは大の子どもぎらいだ。だから、がきどもを近づけるんじゃねえ。わかったな？」

「子どもぎらいって……おまえ、手鞠の付喪神なんだろ？　おもちゃのくせに子どもぎらいって……」

「しかたねえだろ。そういう性分に生まれついちまったんだからよ。だがよ、色黒の小僧っ子。おめえには助けられた恩がある。おめえがいなかったら、おれさまは燃やされていただろうからな。だから、おめえだけはなんとかがまんしてやらぁ」

えらそうに言いはなつ毛丸に、ぎりっと、千弥の奥歯が音をたてた。

「弥助。これ、燃やしてしまっていいね？」

「ま、まだ待っておくれよ、千にい」

「なんでだい？　名前と正体と、ろくでもないやつだということがわかった。それで十分じゃないか」

「そうだよ、弥助！」

「そんなこわいの、早くやっつけてもらったほうがいいと思う」

「やっかましいわ、がきども！　毛をむしっちまうぞ！」

「きゃっ！」

「や、弥助ぇ！　そんなやつ、早くやっつけてもらおうよ」

「今回ばかりは、わたしもこの二人に賛成だね。そんな性悪な付喪神、いらないだろうに」

「こんなときだけ三人仲良しにならないでほしいなぁ」

弥助がぼやいたときだ。毛丸が小さく吐き捨てた。

「けっ！　おれさまのせいじゃねえや。おれさまががきにがまんできねえのも、こういう醜いありさまなのも、みんなみんな、人間が悪いんだ」

しわがれたその声は、憎々しさとわびしさに満ちていた。

弥助ははっとして、毛丸を見つめた。

「……人間が悪いって、どういうことだい？」

「どうもこうもねえ。そのまんまの意味よ。おれさまを作ったのは人間だ。どこにでもいるような、ただのつまらねえ女さ。女は大店の女房だったが、子どもができなくてな。ずいぶん神さまに頼んだりもしたんだけど、どうしてもだめでよ。そうこうしてるうちに、旦那がよそで子どもを作っちまったんだ」

皮肉なもんだと、毛丸は笑った。

「自分がほしくてたまらねえものが、あっさり他の女に授けられちまった。しかも、人前で取り乱すわけにもいかねえ。旦那の浮気の一つや二つ、どっしり腰を据えて許すのが、大店のおかみってもんだからな」

そうして生まれた子どもは、養子として店に迎え入れられることとなった。

この子は女の子だから、いずれは婿を迎え、店を継がせよう。これで我が家は安心だ。

夫も、夫の親たちも、ほくほく顔でことを進めていく。

だれも、女を気づかう者はいなかった。

女の心は荒れた。このかわいい赤子が、自分の本当の娘だったら、どんなによかっただろう。そう考えると、赤子のすべてが憎らしかった。

女はそれでも笑顔でいた。娘ができてうれしいと、ふるまってみせた。そんな女に、子どもはなついた。「かあさま」と、あまえた。だが、あまえられればあまえられるほど、女は苦しんだ。

子どもが三つになったとき、女は一つの手鞠をこしらえた。美しい糸と布を惜し気もなく使い、手間ひまかけて刺繍をほどこした手鞠は、子どもへの贈り物となった。子どもは大よろこびで手鞠を受け取った。

その夜、子どもは亡くなった。手鞠を追いかけ、階段から落ちて首の骨を折ったのだ。

みなが泣く中、女だけは笑っていた。そんな女を、夫は責めた。かわいいあの子が死んだのに、どうして笑っているのかと。

女は答えた。もうずっと笑顔しか作っていなかったので、他の表情を忘れてしまったのですと。

そのときの女の笑みは、じつに晴れ晴れとしたものだったという。

息をつめている弥助たちに、毛丸は言葉をつづけた。

「もうわかるだろ？　女は、手鞠にてめえの想いのすべてを埋めこんだんだ。何年もためこんでいた、はらわたがただれるような憎しみをな。いわば、呪いだ。女は子どもを呪うために、手鞠をこしらえたってわけよ。つまり、このおれさまをな」

「……だから、子どもぎらいなのか？」

「おうよ。子どもが憎い。子どもに仇をなしたい。女は、そう念じながらおれさまを作った。おれさまは女の想いをそのまんま引きついじまってるんだ。子どもを見ると、噛みついてやりたくなる。どなりつけて、泣かせたくてたまらねえ。……自分でもどうにもならねえんだ」

さいごの声は力のないものだった。

しばらくの間、弥助はだまっていた。ふだんはやかましい梅吉や津弓も、言葉が見つからないのか、口を閉じている。

やがて、弥助はのろのろと千弥のほうをふりかえった。

「千にい……」

「こいつがかわいそうになったのかい？」

「うん」

毛丸の言葉の一つ一つに、「こんなふうに生まれたくはなかった」というさけびがこもっている。それがかわいそうだった。人間の心がこんなにも醜いものを生みだしてしまうということも、悲しかった。

なんとかしてやりたい。なんとかできないものだろうか。

弥助のすがるような想いに、千弥は応じた。

「わかったよ」

うなずくなり、千弥は毛丸を拾いあげた。そうして、毛丸の口に、ずぶりと、手を突っこんだのだ。

「あがっ！」

うなり声を一つあげ、毛丸は白目をむいて動かなくなった。

ぎょっとしている弥助たちの前で、千弥はゆっくりと手を引きぬいた。そのしなやかな指先には、黒い毛玉のようなものが引っかかっていた。

「な、なにをしたの、千にい？」

「こいつの中でおかしな気配をはなっていたものを取り除いたんだよ。……どうやら人間の髪のようだね」

「……」

手鞠を作った女の髪だと、弥助は確信した。手鞠が自分の分身になるようにと、女は中に髪を詰めこんだのだろう。

千弥は髪のかたまりを火にくべた。髪はすぐに燃えつきた。いやな臭いが立ちのぼったが、それも戸口から風を入れてしまえば、かき消える。

ここで、津弓が声をあげた。

「弥助！　毛丸が変だよ！」

「え？」

見れば、毛丸はもとの手鞠のすがたにもどっていた。声をかけても、梅吉や津弓がおそるおそる触っても、まったく動かない。

「千にい。毛丸は眠っちまったの？」

「というよりも、気を失っていると言ったほうがいいだろうね。核であるものを抜かれたのだから、当然さ。だが、大事にされていれば、いずれまた付喪神として目覚めるだろう。今度は子どもを憎まない付喪神としてね」

「そっか」

千弥の言葉に、弥助は胸をなでおろした。

「それじゃ……こういう手鞠をよろこぶような子どものいるうちに預けようかな」

「じゃ、これ、津弓が預かる」

さっと、津弓が手鞠を拾いあげた。

「おいおい、やめとけよ、津弓」

「そうだよ。そいつにどなられて、ぶるぶるふるえてたくせに」

「でも、いまの毛丸はただの手鞠だもの。津弓、大事に使うもの。それに、津弓には叔父上がいるでしょ？　やさしい叔父上のそばにいれば、この毛丸もやさしい付喪神になるよ、きっと」

「……………」

だれもなにも言わなかった。生ぬるい笑みをうかべるのが精一杯だったのだ。

結局(けっきょく)、手鞠(てまり)は津弓(つゆみ)が持ち帰った。

それから数年後、ふたたび目覚(めざ)めた毛丸(けまる)は、とんでもなく津弓(つゆみ)をかわいがる付喪神(つくもがみ)になったとかならぬとか……。

3　面をかぶった子

　しとしとと雨降る梅雨の夜、一人の客が弥助のもとを訪ねてきた。

　茶と白の衣をまとった小柄な男だった。見た目は三十路くらいで、浅黒い顔は整っているが、かなりやつれている。しばらく眠れていないのか、目は赤かった。

　まるきり人間にしか見えない男は、化けいたちの宗鉄と名乗った。

「わたしの子を預かっていただきたい」

　思いつめた様子で、宗鉄は切りだしてきた。

　子どもは八つになる娘で、名はみお。人里はなれた山深い一軒家にて育った子だという。

「妻が……亡くなりましてね。父親だけでなんとか育てようと思ったのですが、どうにもならなくて。それで、しばらくの間、こちらで預かっていただきたいのです」

「それはかまわないけど……しばらくって、どのくらい？」

「わかりません」

宗鉄の顔が泣きだしそうにゆがんだ。

「母親が亡くなる少し前から、あの子はわたしに心を閉ざしてしまっていて。もうずっと口をきいてくれません。……あの子はいま、暗闇にいるんです。目の前でわたしが手をのばしているのに、それが見えない。いえ、見ようともしないんです」

だからここに連れてきたいのだと、宗鉄は言った。

「ここには多くの者たちが訪ねてくると聞きました。人も、妖怪も。いろいろなものを見聞きし、触れていけば、あの子の心も少しは開かれるかもしれない。そのときに、わたしはもう一度みおと話をしてみます。あの子がなにを望むかはまだわかりませんが……なんであれ、あの子の望みどおりにしてやるつもりです」

宗鉄と娘の間には、なにか大きなわだかまりがあるのだと、弥助は悟った。

「わかったよ。引きうけるよ」

「ありがとうございます！　それでは明日、みおを連れてきますので」

深々と宗鉄は頭をさげた。

そして、次の夜、宗鉄は娘を連れてやってきた。

八歳だという少女は、歳のわりに小柄だった。肌はよく日に焼けていて、袖も丈も短い赤い着物からは、すばしっこそうな細い手足がのびている。なんとなく子猿のようだ。だが、顔はわからなかった。少女は、皿のようなのっぺりとした白い面をつけていたのだ。目のところだけ穴が開いている面は、のっぺらぼうのようで、薄気味が悪かった。おどろいている弥助の前で、みおはただ突っ立っていた。あいさつをしなさいと宗鉄が言っても、かたくなに口を閉じている。

千弥の機嫌が悪くなるのを見て、弥助はあわてた。

「いいよいいよ。きっと人見知りしてるだけなんだから。あいさつなんかあとでもできるし。ちゃんと預かるから、置いていっておくれよ」

「すみません。では、よろしくお願いします。みお……いい子でいるんだよ」

「……」

みおは返事をしなかった。

弥助は内心、これはまずいなと思った。

どんな子妖も、親が自分を置いて去るときは、さびしそうな目をするものだ。だが、みおにはそれがなかった。それどころか、父親のほうを見ようともしない。その全身から怒

りが立ちのぼっているのを、弥助は感じた。

宗鉄が去ったあとも、みおは一言もしゃべらなかった。だが、逆らったりつっかかったりすることもない。おとなしく弥助の言うことを聞き、狭い部屋の中、ならんで眠ることにも文句を言わなかった。

その晩は何事もなく過ぎた。

翌朝、弥助が目を覚ましたときには、みおはもう起きていた。なにをするでもなく、土間のところに腰かけている少女に、弥助はそっと声をかけた。

「おはよう」

「……」

「早起きなんだな、みおは。もしかして、眠れなかったのかい？」

みおは小さく首を横にふった。

「そっか。よく眠れたなら、腹もすいてるよな。いま、朝飯を作るから、待ってなよ」

弥助はてきぱきと朝飯の支度をはじめた。飯を炊き、味噌汁を作り、自分で漬けたみょうがの漬物を小鉢に盛りつける。今日はみおのために、卵も一つずつつけることにした。

そうしているうちに千弥も起きてきて、朝ごはんとなった。

食べるときも、みおはがんとして面を取ろうとしなかった。ほんの少しだけ面を上にずらし、卵かけごはんを口に運ぶ。

顔を見られず、弥助はちょっとがっかりした。だが、みおが朝飯を残さず食べてくれたことには満足だった。やはり、自分の作ったものをきれいに食べてもらえるのは気分がいい。まず一歩、お互いに近づけたような気がした。

弥助が茶碗を片づけようとしたとき、戸が叩かれた。

「おおい、千弥さん。起きてるかい？」

音と外からの声に、ぴょんっと、みおが跳びあがった。そのまま、うしろにあった大きな箱のふたを開け、さっと中へ飛びこんでしまった。あまりに素早い身のこなしに、弥助はあっけにとられたほどだ。

さすがは妖怪の子だと、感心しながら、弥助は戸を開けた。

「あ、大吾さんか」

「おう、弥助。千弥さんはいるかい？」

外にいたのは、二丁目の船宿「たまなみ」の料理人、大吾だった。雨の中、傘を差したまま、大吾は早口で千弥に言った。

「朝早くから悪いが、ちょいといっしょに来てほしいんだ。うちの泊まり客が、早朝から足が痛いって、うなりだしてね。足をもんでやってほしいんだよ」

「わかりました。それじゃ、弥助は留守番していておくれ。なるたけ早くもどるようにするからね」

「わかった」

千弥が大吾と共に出ていったあと、弥助は箱のところに行った。この箱は、前の住人が残していったものだ。ふとんだのなんだのをしまっても、子どもが一人入る隙間は十分にある。ときどきは弥助も中に入って、昼寝をするくらいだ。

弥助はふたを軽く叩いた。

「もうだいじょうぶだよ。お客は行っちまったから。……おい？　開けるよ？　いいよな？」

ことわってから、弥助はふたを持ちあげた。中では、みおがちぢこまっていた。出ておいでと言っても、座りこんだまま、立とうとしない。

弥助はあきらめた。

「いいよ。それなら、気がすむまでそこにいなよ。用があるときは声をかけてくれよな」

弥助はみおのほうを気にしながらも、家の中を片づけはじめた。汚れた物を洗い、かびがはえないよう、ぬか床をかきまわし、湿っている床をぞうきんでふいてまわる。

そのうち豆腐屋が来たので、一丁買った。いまのうちにみそに漬けておけば、夜にはりっぱなおかずになる。

だが、豆腐をみそに漬けたあとで、弥助は気がついた。

「しまった。もう一丁買っておきゃよかった」

みおがいるのだから、多めのほうがいい。豆腐屋はまだ遠くには行っていないだろう。いま追いかければ、つかまえられるかもしれない。

ちらっと、弥助はみおを見た。みおはあいかわらず箱の中にいて、本を読んでいた。美しい絵がたくさん入った昔ばなしだ。夢中で読んでいるようだし、これなら少しの間一人にしてもだいじょうぶだろう。

「みお。おれ、ちょっと出かけるよ。すぐにもどるから、ここで留守番しててくれないか？」

みおは弥助を見て、こくんと、うなずいた。

「よし。それじゃ行ってくるから」

小雨が降る中、弥助はざるを持って飛びだしていった。

そして、もどったときには、みおのすがたは消えていた。

「なっ！」

弥助は青くなった。

預かった子どもがいなくなった。留守にしたのは、ほんのわずかな間だったのに。いったい、どこへ？　なにがあった？

狭い部屋中を捜しまわり、便所も見に行ったが、みおはいなかった。

心配とあせりのあまり、髪の毛が逆立ってきた。あの子にもしものことがあったら、親の宗鉄に申し訳が立たない。なんとしても見つけなくては。

と、開けっぱなしの戸口から、するりと、青みがかったものが入ってきた。

「おや、もどったのかい、弥助ちゃん」

それは弥助とほとんど同じくらいの大きさの妖怪だった。肌は青く、ぬるりとしており、水草で作った腰巻をつけている。手足の先には水かき、黒いぼさぼさ頭の上には白い皿。そう。言わずと知れた河童だ。

「伝兵衛さんじゃないか！　ど、どうしたんだい、こんな真っ昼間から？」

「なあに。わしみたいな水の妖怪は、雨が降ってりゃ、昼間でもそこそこ動けるのさ。いい鮎が捕れたんで、おすそわけに持ってきたんだよ。この前、うちの子が世話になったお礼だ。活きのいいうちに、千弥さんと食べとくれ」

伝兵衛が差しだしてきた籠には、見事な鮎が十匹あまりも入っていた。

「ありがと。今夜、さっそく食べるよ」

「ああ。その籠もあげるよ。そいつに入れとけば、三日は傷まないからね」

そうそうと、伝兵衛は思い出したように言葉をつづけた。

「さっき、ここにいた女の子なんだけどさ」

「み、みおを見たの？」

「うん。わしを見たとたん、すごい勢いで逃げちまってね。しばらく追いかけたんだけど、考えてみたら、わしがなだめようとしてもだめだろう。で、橋の下に隠れるのを見届けて、こっちにもどってきたんだよ」

みおの居所がわかったことに、弥助は倒れそうになるほどほっとした。

「助かったよ、伝兵衛さん。あの子の居所がわからなくて、ひやひやしてたんだ」

「そうかい。まあ、こっちも悪かったよ。いや、おどろかせるつもりはなかったんだがね。

まったく、このすがたが憎らしいよ。千弥さんくらいとまでは言わないがね、もっといい顔に生まれたかったもんだ」

自分の顔をぺたぺたなでる伝兵衛を、弥助は急いでなぐさめた。

「別に伝兵衛さんの顔が特別こわかったわけじゃないさ。ちょいとわけありの子なんだよ。で、どこに隠れたって?」

「すぐ近くの鈴口橋の下だよ」

「わかった。行ってみるよ。鮎、ほんとにありがとう」

礼を言ったあと、弥助は鈴口橋へと走った。

うれしいことに、みおはまだそこにいた。しゃがみこみ、両手で地面を掘っている。なにかを掘りだそうというのではなく、ただただ無心に手を動かしている感じだ。

そういえばと、弥助は思い出した。山育ちの若い男から聞いたことがある。いたちというのは穴掘りが好きで、なにかというと地面をほじくり返すのだとか。

化けいたちの子ということで、みおもそうしたことを好むのだろう。だが、いまのみおは好きでやっているというより、いろいろなことを忘れたいために掘っているようだ。雨で濡れた体はひどく小さく、哀れに見えた。

こわがらせないようにそっと近づき、弥助は声をかけた。

「みお。おれだよ。迎えに来たよ」

みおが顔をあげた。面をかぶっていても、みおがほっとするのがわかった。その証拠に、弥助が差しだした手を、少女はすぐににぎってきたのだ。泥だらけの小さな手は冷えていた。弥助は自分の両手でこすってやった。

「ずいぶん冷えちまったね。帰ったら、甘酒をこしらえてやるよ。おれの甘酒はうまいんだ。飲むだろ?」

返事はしなかったが、みおはぎゅっと手に力を入れてきた。

「よし。それじゃ帰ろう」

「……っ!」

急にみおが踏んばった。いやいやと、かぶりをふる。

「ああ、さっきの河童のことかい? あれは伝兵衛って名前なんだ。いい河童だよ。わざわざ鮎を届けに来てくれたんだ。だいじょうぶだよ。おれんとこは、妖怪の子預かり屋だからさ。年がら年中、妖怪たちが来るんだ。でも、気のいいやつらばかりだよ。それぞれ変なくせとかはあるけど、そんなびっくりしなくてもいいんだ。みおと同じ仲間なんだから」

「仲間じゃない！」

つんざくようなさけび声があがった。

ぎょっとする弥助の前で、わなわなとみおがふるえていた。

「あんな化け物、知らないもん！　みおは！　み、みおは、人間なんだから！」

おさない声には、強烈な憎しみがあった。


「あの子は半妖だよ」

千弥の言葉に、弥助は息をのんだ。思わず、箱のほうを見やった。

長屋にもどってからというもの、みおは箱の中に引きこもっていた。弥助は外からあれこれ話しかけてみたのだが、みおは返事はおろか、物音一つたてようとしなかった。

いったいなにがそんなに気に入らなかったというのか。

だいたい、「自分は人間だ」とは、どういう意味なのか。

途方に暮れた弥助は、按摩からもどってきた千弥に問うてみた。すると、「半妖」という言葉が返ってきたのだ。

「半妖って……半分妖怪ってこと？」

「そう。親の片方が妖怪ってことだよ」

「えっと、それじゃ……おとっつぁんは化けいたちの宗鉄さんだから……」

「母親が人間ってことになるね。なんだい？　あの子の正体、わからなかったのかい？」

「わ、わかるわけないよ。妖怪が子どもを連れてきたら、妖怪の子だって思うじゃないか。千にいこそ、なんでみおが半妖だってわかったの？」

「なんとなく。気配でそう感じるとしか言いようがないね。もっとも、あの子の妖気はかすかなもので、人の匂いのほうが強い。ほとんど人にしか思えないほどだよ」

ごくっと、弥助はつばをのみこんだ。

「……さっきも言ったけど、みおのやつ、すごく怒ったんだ。妖怪は自分の仲間なんかじゃないって。自分は人だって」

「そう思いこんで育ったのかもしれないね。あるいは、宗鉄がそう育てたのか。まあ、少し放っておけばいいよ」

「………」

結局、みおは夕ごはんにも出てこなかった。無理に引っぱりだすこともあるまいと、弥助は握りめしをにぎって、箱の中に入れてやった。

やがて、玉雪がやってきた。

女妖の玉雪は、昼間は大きな白兎のすがたに、夜はころりと丸っこい女のすがたになる。やさしい心の持ち主で、千弥に負けず劣らず弥助のことをかわいがっている。こうして毎夜やってくるのも、子預かり屋をする弥助を手伝うためだ。

弥助が聞いてみたところ、玉雪は宗鉄とみお親子のことを知っていた。妖怪たちの間では有名な話だと、玉雪は言った。

「病気で倒れていた女の人を、あのぅ、通りかかった宗鉄さんが助けたのが出会いだそうです。その人に一目惚れした宗鉄さんが、あのぅ、くどきにくどいたのだとか」

「……その人、宗鉄さんが妖怪だって知っていたのかい？」

「あとから知ったそうです」

事実を知ったとき、女は荒れたそうだ。愛した男が、じつは人ではなかった。女にしてみれば、地獄に突き落とされるような恐怖だったのだろう。

それでも、女は宗鉄と夫婦になる道を選んだ。だが、そのときにはっきりと告げたという。自分は化け物の妻になるのではない。人間の宗鉄の妻になるのだから、そのつもりでふるまってほしい。

女は宗鉄を愛しはしたが、妖怪であることは受け入れられなかったのだ。

弥助はぽかんとした顔で玉雪を見た。

「つまり、宗鉄さんに人間になりきれって言ったわけ？」

「はい。そう約束させたと、あのぅ、聞いています。……その人も苦しかったと思いますよ。妖怪をきらいながら、あのぅ、宗鉄さんを愛したのですから。どちらか一方が薄れればよかったんですけれどねぇ」

「でも、できなかった……」

「あい。だから、宗鉄さんの正体を忘れることにしたんでしょう。あくまで、自分は人間の男の妻になったんだと、あのぅ、そう思いこむことにしたんだと思います」

だが、大妖ならまだしも、はんぱな力しか持たない妖怪が、人間になりきるのはむずかしい。そこで、宗鉄は日々の暮らしを二つにわけた。昼間は人として暮らし、夜は妖怪として闇にひそむ。

宗鉄にとって、それこそ身を削るような日々であったはずだ。それでもそれをつづけたのは、妻となった女を心から大切に想っていたからだろう。

やがて、二人の間には娘が生まれた。

そのころから、女は少しおかしくなりだした。娘の体を何度も調べては、どこかおかしなところ、人ならざるところはないかと、たしかめるようになった。さらに異様に人目をおそれるようになり、昼も夜も部屋に閉じこもり、赤子を抱きしめてはなそうとしない。

そういうことがつづいたので、宗鉄は妻と子を連れ、山中の一軒家に引っ越すことにした。

親子三人の暮らしになると、女の様子も少し落ちついた。だが、娘が大きくなるにつれ、またしても心が不安定になってきた。

こわい。娘がちゃんと人として育つのか、わからないのがこわい。

泣いては宗鉄に食ってかかり、また涙ぐむ。

そうした心労が積み重なっていったのだろう。女はぽっくりと亡くなった。宗鉄と、人間として育てられたみおを残して……。

「しかも、さいごのさいごに、奥さんはみおちゃんに、あのぅ、宗鉄さんのことを話してしまったようで」

「で、みおは宗鉄さんのことを毛ぎらいするようになった、と。うーん。なんか、つくづく宗鉄さんが気の毒だなぁ。おかみさんに死なれたあげく、娘にまできらわれちまうなんて」

ため息をつく弥助の頭を、千弥がなでた。

「だから、宗鉄も子預かり屋を頼ったんだろうよ。弥助は人でありながら妖怪と関わりがある。弥助といっしょにいれば、少しずつみおも妖怪たちに慣れる。そう思ったんだろうさ」

「うん。そうだろうね」

弥助はうなずきながら、もう一度、箱を見た。

半妖の子。ある日突然、自分に妖怪の血が流れていることを知らされた子。そのときのおどろきやとまどいが、みおの心を閉ざしてしまったのだろう。面をつけているのも、自分のことがきらいで、人に見られたくないからにちがいない。

だが、心がふたたび開けば、みおは自分から面をはずせるかもしれない。そしてそのときは、父親とも向きあえるはずだ。

あの子にはうんとやさしくしてやろうと、弥助は決めた。

4　寝言猫のひと騒動

みおが弥助のもとに来てから、半月あまりがたった。その間、みおは何度か家出をくりかえした。妖怪が子どもを預けにやってくると、すぐさま箱の中に飛びこんで、翌日になると、まるであてつけるように家を出ていくのだ。

だが、決して遠くへは行かない。あるときは長屋近くの古寺、あるときは薄暗い路地奥。とにかく、かならずどこかにとどまっているのだ。

やがて弥助は気づいた。

みおは本気で逃げだしたいわけではない。捜しに来てもらいたくて、わざと家出しているのだ。実際、弥助が捜しに行くと、うれしそうな様子を見せる。

「きっと、みおにとっては、これは儀式みたいなものなんだ。こうやって家出するのは、自分はいらない子じゃないんだと、たしかめるためなんだ」

だから、弥助はかならず捜しに行き、見つけたときは「心配したよ」と言ってやった。

そのせいだろうか。だんだんと家出の回数は減りはじめた。だが、妖怪たちが訪ねてくると、箱の中に隠れてしまうのは変わらなかった。毎晩のようにやってくる玉雪にさえ、いまだに口をきこうとしない。

あきれる弥助に、玉雪はそっと言った。

「みおちゃんは、妖怪をおそれているというより、あのぅ、自分の中の妖怪の血をおそれているんだと思います」

自分は半妖だ。妖怪と話したり、親しんだりすれば、自分の中に眠っている妖気が目覚めてしまうかもしれない。人間ではないものに変化してしまうかもしれない。

みおはそれを心底おそれ、だからこそ妖怪たちと親しくしようとしないのだろう。

玉雪は気づかわしげにみおを見た。

「どっちつかず、ということですから。あのぅ、人でもあり妖怪でもあり。……きっと、いまのみおちゃんは居場所がないと感じているんだと思います」

「ふうん。どっちつかずねぇ。おれだったら……どっちもありってことで、得したように思えるんだけど」

「そう思える弥助さんが好きですよ」

ふっくらとほほえみかけられ、弥助は顔を赤くした。

同時に思った。とにかく、ゆっくり腰を据えて、みおと向かいあっていこうと。

そのあとすぐ、妖怪が訪ねてきた。

「こんばんは。子預かり屋の弥助さんですね？」

ていねいに頭をさげてきたのは、大きな白黒のぶち猫だった。糸目で、うしろ足で器用に立ち、頭から赤い手ぬぐいをかぶっている。しなしなと動くしぐさが、ちょっと色っぽい。

「うん。おれが弥助だよ。そっちは、えっと、化け猫さん？」

「いえいえ、あたしゃ寝言猫でございますよ」

「寝言猫？」

「あい。あたしらは人間に憑いて、寝言を言わせて、それを食べるんで。寝言の多い人間には、十中八九、寝言猫が憑いているはずでございますよ」

「へえ。招き猫ならぬ、寝言を招く猫ってわけだ。で、子どもを預けに来たのかい？」

「あい。そのとおりでございます」

そう言って、寝言猫は頭にかぶっている手ぬぐいに手をやり、なにかを取りだした。

「こちらがうちの末っ子でして」

「うわ、かわいいなぁ！」

思わず弥助は声をあげた。のぞきこんだ玉雪も、「まあ！」と、目じりをさげる。

寝言猫の手の上には、小さな小さな子猫が丸くなっていた。白と黒のぶち模様に、眠っているかのような細い目、赤い小さな布をかぶっているところと、なにからなにまで親とそっくりだ。ただし、その大きさは梅の実くらいしかない。

「まるも、と言います。いえねぇ、ちょいと用事で、遠出しなけりゃいけないんでございますよ。うちの子はこのとおり、まだまだ小さくて。一匹きりで人間に憑かせるのは心配でございます。かと言って、このままじゃおなかをすかせてしまう。だから、ここに来たんでございますよ。ここならちゃんとごはんも食べられるし、安心ですからね」

まるもの愛らしさにでれでれしていた弥助だが、寝言猫の言葉にはっと我に返った。

「まさか、おれに寝言を言わせて、まるもに食わせようって言うんじゃ……」

「おや、話が早くて助かりますよ」

お願いしますよと、寝言猫はにこにこしながら頼んできた。

「三日間、弥助さんにうちの子を憑かせてやってくださいな。なに。痛いとか疲れるとか、そういうことはいっさいないので、ご安心を。ただ、眠っている間、よくしゃべるようになるだけですので」

「うーん」

腕組みする弥助に、千弥がすぐさま言ってきた。

「弥助、気が進まないならことわりなさい。おまえが無理することは一つもないんだからね。寝言猫、そういうわけで、子どもは連れて帰っておくれ」

「そ、そんな！　お願いでございますよ。預かってくださいまし」

「弥助がいやだと言っているんだから、だめだよ」

「せ、千にい。落ちついてよ。いやだとは言ってないんだから」

千弥をなだめながら、弥助はまるもを見つめた。害がないとわかっていても、「憑かれる」というのは良い気がしない。

しかし、こんなに小さい相手を飢えさせるというのは、それこそいやな気持ちになる。

ついに弥助はうなずいた。

「わかったよ。憑かせていいよ」

「ありがとうございます。それじゃ、さっそく失礼して」

そう言って、寝言猫は弥助の肩にまるもを乗せた。

「はい。これでけっこうでございます。あとはもう、この子のことは気にせず、いつもどおりになすってくださいませ」

「わ、わかった」

「それじゃ、あたしゃこれで失礼を。よろしくお願いいたします」

寝言猫が去ったあと、弥助は箱に向かって声をかけた。

「おい、みお。聞こえてたろ？　今夜から三日、寝言猫の子を預かるから」

「……」

「三日もそこにこもってるわけにもいかないんだし、早いとこ出てきな。まるも、めちゃくちゃかわいいぞ」

弥助の言葉に観念したのか、みおは出てきた。弥助の肩に乗るまるもを見たとたん、ぐっと、小さく喉を鳴らした。どうやら「かわいい」と言いそうになるのをこらえたようだ。そのあとも、興味ないというふりをしながら、ちらちらとまるものほうを見ている。

笑いをかみころしながら、弥助はふとんを敷きはじめた。まるもを憑かせたせいなのか、なんだか眠くなってきたのだ。

その間も、千弥は一人、すねていた。

「わたしは弥助のためを思って、いろいろと言ってあげてるのに。あの子ときたら、すぐに落ちつけとか、やめてとか言ってくるんだから。これじゃわたしがお節介みたいじゃないか。昔の弥助は、そりゃもう素直でかわいくて、わたしの言うことはなんでも聞いてくれたのに」

「まあまあ。弥助さんもそれだけしっかりしてきたってことで、あのぅ、頼もしいかぎりじゃありませんか」

なぐさめる玉雪の言葉も無視して、千弥はしばらくぶちぶちとつぶやきつづけた。

そのつぶやきを子守唄に、弥助はいつのまにか寝入ってしまっていた。


翌朝、弥助は焦げくさい匂いで目を覚ました。

起きあがってみると、土間のほうで、千弥がいそいそと動いていた。

「あ、起きたのかい、弥助」

「せ、千にい。……なにしてんの？」

「なにって、朝ごはんの支度だよ。今日はひさしぶりに、わたしが作ろうと思って」

「っ！」

弥助は声にならない悲鳴をあげた。

「な、なんで、いきなり……め、飯作りはおれの役目なのにさ」

「うん。いつも早起きしてよくやってくれてるから。たまにはわたしに作らせておくれ。ほら、そこに座って待っておいで。じき味噌汁ができるからね」

味噌汁とは、地獄の油鍋のごとく煮えたぎっているもののことだろうか。その横の、なにやら茶色く、ぐちゃぐちゃしたものはなんだろう？

おそろしくて弥助は聞けなかった。

だが、千弥はふんふんと鼻歌交じりで鍋をかきまわしている。上機嫌の様子だ。

いったいどうなっているんだと、目を丸くしていると、くすりと、小さな笑い声が聞こえた。横を見ると、みおが小さな肩をふるわせていた。どうやら笑っているらしい。

「お、おい。な、なにがおかしいんだい？」

「ふふ、ふふふ。弥助、すごく寝言を言ってたよ。千にい、大好き。大好きだよって」

「うそだろ！」

「ほんと。ふふ、大きな声で何度も言ってたもん」

弥助は耳まで真っ赤になった。

しまったと思った。寝言とはそういうことだ。ふだん、口に出さずにいることも、夢の中では平気で言えてしまう。寝言猫に憑かれ、弥助は心の内をさらけだしてしまったのだ。

同時に、千弥がご機嫌なわけもわかった。そんな言葉を聞いたら、うれしくなって、朝飯の一つや二つ、こしらえたくもなるだろう。

弥助は泣きそうになりながら、自分の肩を見た。まるもがいた。満足そうに目を閉じ、うとうとしている。その毛並みは昨日よりも艶があり、体つきもふっくらしているようだ。

「お、おまえなぁ！　なんてことしてくれたんだよ！　こら、みお！　わ、笑ってられるのもいまのうちだぞ。おまえだって、ひどい目にあうんだから」

実際、朝飯を出されたとたん、みおの笑いはぴたりと止まった。

真っ黒に焦げた焼き魚、粥のようなべとべとの飯、ぐちゃぐちゃで強烈にあまい卵焼き、それに具の青菜が溶けてしまうほどに煮立った味噌汁。

みおは、卵焼きに少し箸をつけただけで、「おなかすいてない」と、早々に逃げた。だが、弥助はそうもいかない。千弥のにこにこ顔を見ては、「まずい」と言うこともできない。

心の中でひいひい泣きながら、弥助はなんとか自分の分をたいらげた。

だが、このままではまずい。こんなことが明日もつづいたら、確実にこちらの胃袋に大穴が開いてしまう。

千弥が按摩に出かけたあと、弥助はまるもをつまみあげ、みおの手に押しつけた。

「おまえが預かってくれ！」

きりきりと痛みだした腹を押さえながら、弥助は言った。

「頼む！　おれじゃだめだ！　せ、千にいをよろこばせたら、どんなにおそろしいか、おまえもわかったろ？　今夜と明日、まるもはおまえにまかせた！」

「い、いや！」

「頼むから！　ううっ！　悪い。お、れ、もう……」

限界だ。弥助は外へ飛びだし、まっすぐ便所へ向かった。

そのまま小半刻ほどかかって、ようやく腹痛はおさまった。だが、弥助がよろよろと部屋にもどったときには、そこにみおのすがたはなかった。

「またかよぉ」

どうやら、まるもを預けられたことが気に入らず、家出したらしい。まるものすがたもないから、いっしょに連れていったようだ。きっと一匹きりにするのが心配だったのだろう。

わがままなのか、やさしいのか。

よくわからんと、頭をふりながら、弥助はみおを捜しに行った。

最近のみおは、逃げこむ先がだいたい決まってきている。この前は横町の路地の奥だったから、今日は古寺の裏手だろう。

あたりをつけて、弥助は古寺に行ってみた。

はたして、そこにみおがいた。また地面を掘りかえして遊んでいる。

「みお。迎えに来たぞ」

弥助が声をかけると、みおはぱっと立ちあがった。その様子がいつもとちがった。いつもならうれしそうに弥助のところにやってくるのに、今回はなにやらばつが悪そうな、逃げだしそうなそぶりをしたのだ。

首をかしげたところで、弥助は気づいた。まるものすがたがどこにもないのだ。

一瞬、頭が真っ白になった。みおの肩をつかんで、弥助は思わずさけんだ。

「まるもは！　い、いっしょじゃないのか？」

みおはうなだれていたが、やっと小さな声で言った。

「おねえさんが来たの」

「おねえさん？」

「うん。すごくきれいなおねえさん。きれいな着物を着てて、いい匂いがした」

その娘は、みおが手に持っているまるもを見て、「寝言猫じゃないの」と言ったという。

「まあ、あなたみたいな子が、めずらしいものを連れているのねぇ。……ねえ、一日だけその寝言猫を貸してくれないかしら？　明日、絶対に返しに来るから」

　そうせがまれたから、まるもを渡したのだと、みおは言った。

「そ、それにね、まるも、自分からその人の手に飛び乗っていったの。だから、いいかなって思って」

「……いいわけないだろ！」

　弥助は思わずどなりつけてしまった。

「なんでそんなことしたんだよ！　知らない相手にまるもを渡すなんて！　そんなに妖怪がきらいか？　憎いのか？」

「……ご、ご、ごめんなさい！」

　面をかぶったまま、みおは泣きじゃくりだした。「もういい」と、弥助は冷たく言った。

「その人の名前は？　どこに住んでいるのか、聞かなかったのか？」

「………」

「……じゃあ、相手がまるもを返してくれるまで、待つしかないってことか」

「弥助、ご、ごめん。ごめんなさい」

「うるさいよ。……まるもが無事に帰ってくるまで、おまえとは口をききたくない」

あやまるみおの手をつかんで、弥助は長屋にもどった。そのあとはずっと、みおを無視した。

それがこたえたのだろう。すすり泣きながら、みおは箱の中に入っていった。

千弥が弥助に言った。

「それで、どうするんだい？」

「どうもこうも。とりあえず明日、あの寺に行くよ。もし、まるもがもどってこなかったら……玉雪さんに頼んで、妖怪奉行所にまるもを捜してもらう」

「月夜公にさぞやいやみを言われるだろうね」

「しかたないよ。もともとは、おれがまるもをはなしちまったのが悪いんだし」

弥助はまんじりともせずに夜を明かした。

朝が来て、出かける支度をしていると、みおがおずおずと箱から出てきた。

「行くの？」

「……ああ」

「い、いっしょに行く」

「いいよ。おれ一人で行くから、おまえはここにいろ」

そっけなく言って、弥助は外へ出た。頭の中は、まるものことでいっぱいだった。とにかく、無事でいてほしい。それを願うばかりだ。

寺に着いてみると、まだだれもいなかった。もちろん、まるものすがたもない。弥助は日陰に座って待った。待つしかできなかったから。

だんだんと日は昇り、どんどん暑くなってきた。水や弁当を持ってくればよかったと、弥助が後悔しかけたときだ。石段を登る音がして、一人の娘が寺の境内に入ってきた。

歳のころは、十六、七くらいだろう。だれもがふりかえるような美しい娘だった。藤色の花かんざしで髪を飾り、白い睡蓮がうかぶ露草色の着物も、よく似合っている。

顔は花のように可憐で、愛らしい。咲いたばかりの桜のようだが、その初々しさの中にはどこか色っぽさもただよっている。

弥助を見るなり、娘は目をみはった。弥助もあんぐりと口を開けた。年も身につけているものも一変しているが、その美しい顔には忘れようがない面影があったのだ。

「あんた、蛇の姫……」

「子預かり屋の弥助！」

しばらくの間、二人はだまって見つめあった。

弥助は混乱しながらも、相手をじっと見つめた。一度だけ会ったことがある。華蛇族の初音姫。こともあろうに、千弥に結婚してくれと言って来た娘だ。

当然のことながら、千弥にこっぴどくはねつけられ、泣いて逃げていった。それがどうして、ここに？　まさかとは思うが、またしても千弥を狙ってきたのだろうか？

思わず身がまえる弥助に、初音はふっと小さく息を吐いた。

「なるほど。そういうことだったのね。こんなところに寝言猫の子がいるなんてと思ったけれど、この子は弥助のところに預けられた子だったのね」

そう言って、初音は袖からまるもを取りだしたのだ。

「まるも！」

それでは、みおがまるもを渡した相手というのは、初音だったのか。

ますます意味がわからないと首をひねりながらも、弥助は急いでまるもを受け取った。

まるもはまた一段と毛艶がよくなった様子だった。

「おまえ……またたらふく寝言を食ったみたいだなぁ」

あきれる弥助に、初音は笑った。

「ええ。昨日、たっぷり寝言を言わせていたから。もうおなかがいっぱいよね」

「……言わせたって、だれに？」

「わたくしの想い人に」

かすかに頬を染めながら、初音は言った。

「その方は人よ。わたくしがあやかしであることも知っているわ。わたくしにとてもやさしくしてくださるけど……いつまでたっても恋人としては見てくださらないの」

それが不満で、不安だったと、初音は言った。

「やはり、あやかしのわたくしは、おそばにはいられないのかもしれない。そろそろあきらめて、妖界にもどったほうがいいのかもしれない。そう思いもしたけれど、やっぱり踏ん切りがつかなくて。とにかく、あの方がどういうお気持ちなのか、どうしても知りたくて……それで、その寝言猫を憑かせて、寝言を言わせてみたの」

「……その人、どんなこと言ったんだい？」

「それは言えないわ。でも……あの方のお気持ちは十分にわかったから。わたくし、もうしばらくここでがんばってみるつもり」

にこっと、初音は笑った。見とれてしまうような笑顔だった。

「ずっと弥助には会いたいと思っていたの。あのときは本当にごめんなさい。わたくし、本当に物知らずで、生意気で、無礼だったわ。いまになって、白嵐さまのおっしゃったことがわかる。あのときのお言葉は、いまはとても大切に思っているのよ。白嵐さまに伝えてくれないかしら？　わたくしが心からあやまっていたと」

「い、いいよ」

「ありがとう。それでは、寝言猫も返したことだし、わたくしはもうもどるわね」

去っていく初音に、弥助は思わず呼びかけた。

「……初音姫！」

「なぁに？」

「あの……お、お幸せにな！」

ありがとうと、初音は笑った。大輪の花のような笑みだった。

背筋がびりっとしびれてしまい、弥助は初音が去ったあともしばらく動けなかった。やっと正気にもどり、手の中のまるもに話しかけた。

「あの姫さまがあんなふうに変わっちまうなんて、信じられないよ。……あの姫さまにあそこまで想われるなんて、どこのだれなんだろうな？」

一度見てみたいものだと思いながら、弥助は千弥とみおの待つ長屋にもどった。

弥助が門口をまたぐなり、みおが飛びついてきた。

「弥助！」

「ただいま、みお。ほら、まるもだ。だいじょうぶ。このとおり、ぴんぴんしてるよ」

そう言いながら、弥助はまるもをみおに渡してやった。みおは大切そうに受け取った。

自分から妖怪に触るのは、初めてのことだ。えぐえぐと、面の下からしゃくり声が聞こえてきた。

「泣くなよ。もうだいじょうぶだから」

「よ、よかった。ま、まるもに、な、なにかあったらって……」

「うん。だから、こういうことは二度としないでくれよな」

「うん。うん」

「それとな、おれも悪かったよ、みお。まるもを預かるのはおれの役目だったのに、おまえに押しつけたりして悪かった。ごめんな」

みおはかぶりをふった。

「や、弥助は悪くないよ。あたしが、悪かったの。ごめんなさい」

「もういいよ。……でも、一つだけ教えてくれよ。やっぱり、妖怪が気味悪かったから、まるものことを捨てようと思ったのかい？」

「ち、ちがう。ちがうよ！」

みおははげしく首を横にふった。

「捨てようなんて、お、思わなかった！　まるものこと、す、好き、だもの！」

「それじゃ、どうして？」

「だって……弥助が、あ、あたしにまるもをくっつけるって言うから……ね、寝言を言いたくなかったの」

絶句している弥助に、みおは涙ながらに打ちあけつづけた。

「言いたくないこと、言っちゃいそうで……や、弥助たちに知られたくなくて……だから、ちょっとだけおねえさんに預かってもらおうって……ごめんなさい！　ごめんなさい！」

そうだったのかと、ようやく弥助は理解した。

まるもを捨てようとしたわけでも、そこまで妖怪を憎んでいたわけでもない。ただ、自分の本心をなんとしても隠したかっただけなのだ。

弥助はみおの頭をなでてやった。

「わかった。わかったよ。それなら、このことはもう終わりにしよう。な？」

「うん。……もう怒らない？」

「怒らないさ。終わりにしようって言っただろ？」

ほっとしたように、みおは肩の力を抜いた。ごめんねと、今度はまるもに話しかけはじめる。

弥助はやっと、みおのことがわかってきた気がした。

本来、みおは素直でやさしくて、同時にとてもさびしがり屋な子なのだろう。だが、いまはそれらをすべて押し殺し、面をかぶって隠してしまっている。

もし、まるもに憑かれていたら、みおはどんな寝言を言ったのだろう？

弥助にはわかる気がした。

5　宗鉄の悩み

不思議なもので、まるもの一件以来、みおは弥助に一気に打ちとけた。まだ面をはずすまでにはいたらないが、弥助のそばをはなれなくなり、あれこれと小鳥のように話しかけてくるようになった。こんなにおしゃべりだったのかと、弥助はおどろいたほどだ。

変化はそれだけではない。弥助の手伝いをしたがるようになった。皿洗いやそうじ、ぞうきんがけ。弥助がなにかをやりだすと、すぐに「あたしもやる」と言いだす。

「おまえはお客なんだし、これまでどおり、ゆっくりしてていいんだぞ?」

「ううん。やりたいの。……ほんとはね、ずっと前から手伝いたかった。ただ座ってるのって、つまんないし、弥助に悪いなと思ってたから」

そういうものかもしれないと、弥助は思った。弥助だって、千弥がいそがしく働いているのに、自分だけのんびりだなんて、絶対にいやだ。

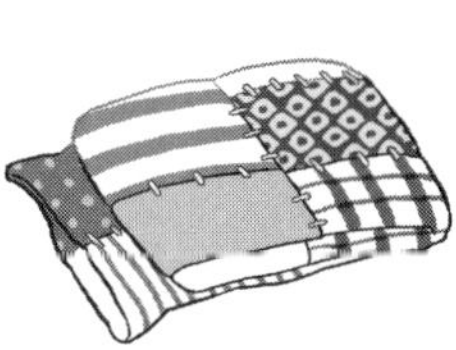

「わかった。それじゃ、手伝ってくれ」

「うん！　なんでもやるね！」

その言葉どおり、みおは言いつけられたことをなんでもやった。子妖の面倒すら、手伝うようになったのだ。さいしょこそおっかなびっくりではあったが、すぐにおしめを取り替えるのもうまくなった。いろいろなことにも目ざとく、子妖の具合が悪そうなときは、いち早く気づいて弥助に知らせてくれるので、弥助としても大助かりだ。

「おまえはすごいな。えらいぞ！　ずっとここにいてもらいたいくらいだ」

弥助がほめると、みおは「じゃ、ずっとここにいる」と、すぐさま返してきた。真剣な声に、弥助は「これはまずいことを言ったな」と、内心あせった。

「いや、でもなぁ……やっぱりおまえは帰らなきゃ。おとっつぁんも心配するし」

「父さまなんか知らない！　知らないもん！」

そうさけぶなり、みおはひさしぶりに箱の中にこもってしまった。

やれやれと、弥助が頭をかいていると、うっそり千弥が近づいてきた。

「……どうかした、千にい？」

「弥助、あそこまで言うことないじゃないか」

「……なんのこと？」

「だから、ずっとここにいてもらいたい、だなんて。手伝いなんて、言ってくれれば、わたしがなんでもやってあげるのに。どうしてわたしに頼まず、あの子にばかり頼むんだい？」

「いや、それは……」

千弥が相手では子妖がこわがるから、とは言えず、弥助は困った。

「だからさ、えっと、千にいに手伝わせるのは、なんかやなんだ。こき使うみたいで、やなんだよ」

「うんとこき使ってくれたって、わたしはかまわないよ」

「おれがかまうよ。大事な人に、そんなことさせたくない」

とたんに、千弥はにこにこと笑いだした。

「そういうことかい？　そうかい。それじゃ、これまでどおり、わたしはそばで見ているだけにしておくよ。弥助がいやがることはしたくないからね」

るんるんと、鼻歌を歌いだす千弥。こちらもやれやれだと、弥助はため息をついた。

それにしても、みおはあいかわらず父親とは会いたくないらしい。宗鉄もあれきり顔を見せていないが、娘のことをどう思っているのだろう？

「まさか、このままってことはないよな」

かすかな不安をおぼえたときだ。ふいに、かまどのほうでぱちぱちと音がした。

なんだと、弥助は土間へおりて、かまどをのぞきこんだ。

火が赤々と燃えていた。今朝、飯を炊くのに使ったあと、きちんと消したはずなのに。

おどろいている弥助の前で、火がゆらゆらとゆれ、ふいに鳥の頭がうかびあがった。雉に似た鳥だが、とさかは燃える炎そのもの。羽毛はあざやかな金色で、きらきらと火花を散らしている。

「火食い鳥！」

「ひさしいな、弥助殿」

火の中から鳥が返事をした。

「元気そうでなにより」

「う、うん。おかげさまで元気にしてるよ。でも、ど、どうしたんだよ、いきなり？　なんで、うちのかまどの中にいるんだい？」

「なに、火を通して、声を飛ばしているだけのこと。ちょっとした術にすぎぬ。それはそうと、またわしの孫たちを預けたいのだ。頼めようか？」

「いいけど……三羽とも？」

「そうだ」

「……前より食うようになってる？」

「むろんのこと」

うへえっとうめく弥助に、火食い鳥は今夜預けに来ると告げて、ふっと消えた。あれほど燃えていた炎も、またたくまに消え去る。

我に返るなり、弥助はあわてふためいた。

「た、大変だ！　千にい！　おれ、ちょっと古今堂に行ってくる！　悪いけど、千にいは炭を買ってきてくんない？」

「いいよ。どのくらいだい？」

「あいつら、めちゃくちゃ食うからなぁ。と、とりあえず、持てるだけ買ってきて！」

そうさけぶと、弥助は風のように飛びだしていった。

そのあとすぐ、みおがあわてた様子で箱から出てきた。まさか置いていかれるとは思っていなかったのだろう。おろおろと、千弥を見る。それを見て、千弥は淡々と言った。

「弥助(やすけ)はね、道具屋に火鉢(ひばち)と火箸(ひばし)を借(か)りに行ったんだよ。今夜は火食い鳥の雛(ひな)が三羽来るそうだから」

「あ……」

あわてて土間へと降(お)りようとするみおに、千弥(せんや)はさらに言った。

「どこ行くんだい？」

「や、弥助(やすけ)を手伝(てつだ)うの」

「それよりわたしと来なさい」

「え？」

「聞いていただろう？　わたしはこれから、炭(すみ)を買いに行かなきゃならない。できるだけたくさんね。おまえが来てくれれば、それだけ多く運べるだろう」

「……」

「わたしの手伝(てつだ)いをしたほうが、弥助(やすけ)はよろこぶと思うがね」

どうすると問いかけられ、みおは少し迷(まよ)ったものの、うなずいた。

「千弥(せんや)さんといっしょに行く……」

「それでいい。じゃ、行こうか」

もちろん、千弥がみおを誘ったのは、手伝いがほしかったからではない。「これ以上、この子を弥助につきまとわせてたまるものかね」というのが本心である。大人げないとはまったく思わず、千弥はみおを連れて外に出た。

さて、弥助は大急ぎで古今堂に駆けつけ、「この時季にまたおかしなものをほしがりますねえ」と、主の宗太郎に言われながら、小さな火鉢と火箸を二組、借りた。

が、小さいとは言え、火鉢はそれなりに重い。持って歩けば、だんだん腕がしびれてくる。帰る道すがら、弥助は何度も休まなくてはならなかった。

四度目に火鉢をおろしたときだ。ふいに声をかけられた。

「弥助さん」

「ん？」

「こっちこっち」

まわりを見れば、少しはなれた茂みから男が顔を出して、手招きをしていた。

弥助はのけぞりそうになった。男は、みおの父親の宗鉄だったのだ。

「そ、宗鉄の旦那？」

あたふたしながら、弥助は宗鉄のいる茂みへと近づいた。

「ご無沙汰をしておりました、弥助さん」

深々と宗鉄は頭をさげた。あいかわらず品のいい様子だが、顔のやつれはとれていない。

弥助は思わず責めるように言ってしまった。

「どうしてずっと顔を出さなかったんだい？　なにも連絡よこさないでさ」

「申し訳ない。そうしたいのは山々でしたが、たぶん、あの子がいやがるだろうと思いまして」

「……」

「でも、ずっと弥助さんたちのことを見ていました。あの子が逃げだすたびに、弥助さん、連れもどしに行ってくれましたね」

「……ほんとに見てたんだ？」

「もちろん。みおはわたしのたった一人の娘ですから」

宗鉄はさびしげに笑った。弥助は少しでもなぐさめたくて、みおのことを話すことにした。

「みおは……知ってると思うけど、元気にしてるよ。飯もよく食べてるし、最近はおれをいろいろと手伝ってくれるんだ」

「そうですか。わかりますわかります。あの子は昔からわたしや母親を手伝うのが好きで。とても器用な子だから、実際、助かるでしょう？」

「うん。おれよりおしめの取り替えがうまいくらいだよ」

「そうでしょうそうでしょう」

うれしそうに、宗鉄はうなずいた。それでいて、口元は少しゆがんでいる。娘のがんばるすがたを見られないくやしさがにじんでいるのだ。

「宗鉄さん。その……いったん、おれといっしょにみおに会ったらどうかな？」

「……あの子は、わたしに会いたいと言いましたか？　わたしのことを恋しがっていますか？」

「………」

「それではだめです。わたしだって、わたしだってそりゃあ会いたいですよ。でも、だめです。いま、みおのところに顔を出しても、あの子はわたしに会わないでしょう。あの子が自分からわたしに会いたがらないかぎりはだめなんです」

目元を赤くしながら、宗鉄はしぼりだすように言った。弥助も、それ以上はなにも言えなかった。重たい空気が二人の間に流れた。

　と、思い出したかのように宗鉄が顔をあげた。

「そうだ。弥助さん、一つ頼みがあるのですが」

「なんだい？」

　宗鉄はふところから小さく折りたたんだ布を取りだして、弥助に差しだした。様々な端切れを縫いあわせたもののようだ。

「これをあの子に。わたしからだとは言わずに渡してください」

「いいけど、これなんなの？」

「袋です」

「袋？」

　言われて、弥助は布を広げてみた。たしかに袋だった。色あざやかな端切れを縫いあわせて作ってあり、かなり大きい。身を丸めれば、弥助だって入れそうだ。

「あの子の母親の着物を裁って、わたしが作りました。……化けいたちは、袋や狭いところに入ると、安心できるんです。あの子はわたしに似てしまって。よくわたしの薬草袋の中にもぐりこんで、遊んでいました。妻は、娘がそういうことをするのをいやがっていましたが……渡してもらえますか?」

かならず渡すと、弥助は約束した。宗鉄はほっとしたように笑った。

「ありがとうございます。……ところで、なんだか顔色が悪いですね。この前お会いしたときよりもやせたようだし。……どこか具合でも悪いのですか?」

「あ、うん。ちょっとね。この前、体によくない物を食っちまって、それからちょっと腹の調子が良くないんだ」

千弥の手料理を食べたせいとは、さすがに弥助は言えなかった。

だが、弥助の言葉に、宗鉄の顔が引きしまった。

「それはいけない。食あたりをあまく見ると、とんでもないことになりますよ。……少し、わたしに診させてもらえますか? これでも医者の端くれですから」

「へ? そ、そうだったの?」

「ええ。ほら、そこの草の上に寝てください。ほらほら」

問答無用で、弥助は地面に寝かされてしまった。

宗鉄は弥助の腹や肩、首のまわりなどをていねいに触っていき、やがて、あきれたように息をついた。

「やれやれ。ずいぶん胃が弱っていますよ。あちこちの血のめぐりも悪くなっている。もったいないからって、傷んだものを無理に食べると、大変なことになりますよ」

「……気をつけます」

「そうしてください。それじゃ、少し鍼を打っておきましょうか」

「は、鍼！　いいよいいよ！　そ、そんなことしなくたって、自然に治るから！」

「だめです」

跳ね起きようとする弥助を腕一本で押さえつけ、宗鉄は低い声で言った。

「暴れないで……動かれると、まちがったつぼを突いてしまいますよ。そうなると、この先ずっと腹が下りっぱなし、なんてことにもなりかねない。そうなってもいいんですか？」

「………」

「よろしい。さ、うつぶせになってください」

心の中で泣きながら、弥助は言われたとおりにした。宗鉄の手が自分の首のあたりをさぐるのを感じた。もみほぐすようにしながら、指先でつぼを探している。

いよいよぶすりとやられてしまうのかと、目をぎゅっとつぶろうとしたときだ。弥助は、黒いものが自分のすぐ横の地面にあることに気づいた。

それは宗鉄の影だった。だが、形がおかしい。人のものではない。獣だ。長い胴に小さな頭、少し短い腕。

いたちだと、気づいた。

そういえば、宗鉄は「化けいたち」と名乗っていたなと、弥助は思い出した。あまりに人のすがたになりきっているので、いままで忘れていたが。影までは変化させられないということだろうか。というと、この影の形が、本来の宗鉄のすがたなのだろうか。

そんなことをあれこれ考えていると、ちくんと、かすかな感触が首筋に走った。痛くはない。松葉の先でちょっと触れられたような感じだ。

「はい、起きていいですよ」

「え？　いまので終わり？」

「ええ。これでずいぶん楽になると思いますよ」

「あ、ありがと」

立ちあがってみると、たしかに少しだるかった体が軽くなっている。宗鉄の医者としての腕前はたしかなようだ。

「妖怪にも医者がいるなんて、思わなかったよ」

「子預かり屋がいるくらいです。妖怪の医者がいたとしてもおかしくないでしょう?」

「それもそうだね。ありがと。じゃ、おれはもう行くよ。袋はちゃんとみおに渡しとくから」

火鉢を持ちあげようとする弥助に、宗鉄が言った。

「重そうですね?」

「うん。今夜火食い鳥の雛たちが来ることになってってね。それで、火鉢が必要になって」

「それはそれは。……うん。それなら、長屋近くまで、わたしがそれを運びましょう。なに、どうってことないですから」

そう言うなり、宗鉄は弥助が足元に置いておいた火鉢を、ひょいっと片手でつかみあげた。まるで椀でも持つかのように軽々と持ちあげたものだから、弥助は目をむいた。

「お、おどろいたなぁ。見かけによらず力持ちなんだね」

「ええ。いまはまだ昼間だからこんなものですが、夜ならこの十倍の重さだろうと、楽に持てます」

「すごいなぁ」

ということは、みおもその力を宗鉄から受け継いでいるのだろうか?

そんなことを思いつつ、弥助はありがたく宗鉄に火鉢を運んでもらうことにした。長屋近くまで来ると、宗鉄は「わたしはここで」と別れを告げてきた。弥助も引きとめなかった。もしもみおに出会ってしまったら、宗鉄はまた苦しむことになる。

「ほんと助かったよ。ありがとう」

「どういたしまして。みおのこと、どうかどうかよろしくお願いします」

「うん。できるだけのことはやるから。それは約束する」

「はい」

悲しげなほほえみをうかべたまま、宗鉄は去っていった。

その夜は、本当にいそがしい夜となった。預けられた火食い鳥の三羽の雛たちは、ひっきりなしに食べ物をほしがったのだ。食べ物と言っても、米や魚などではない。火のついた炭を、がつがつと飲みこむのだ。

弥助とみおは休むまもなく火箸で炭をつまんでは、雛たちの口に放りこんでやらねばならなかった。おまけに、火鉢でがんがんと炭を焚いているので、部屋の中は燃えんばかりの熱さ。さながら、煮えたぎる鍋の中にいるかのようだ。

「もっとおくれぇ！　もっとぉ！」

「わかってる！　もうちょっと待てって！」

「待てないぃ！　ほしいぃ！」

「うるせぇ！　いまやってるって！」

「早く早くぅ！」

「だあぁ、もう！　少し辛抱しろって言ってんだろ！」

　だらだらと汗をかきながら、弥助は雛たちにどなりかえしていた。みおも、手足や着物のえりがぐっしょりと汗で濡れている。ただ一人、千弥だけはいつもと変わらぬ涼しげな顔をして、火鉢に炭を足すのを手伝っていた。

　朝になり、雛たちが帰ったときには、

弥助もみおもぐったりとしていた。

「だいじょうぶかい、弥助？　一晩中だったから疲れただろう？　早く寝なさい。あ、その前に体をふいておかないと、夏風邪をひくよ。なんだったら、わたしがふいてやろうか？」

「自分でできるよ。ほら、みお。おまえも体をふかなきゃな」

弥助は濡れた手ぬぐいで、まずみおの体をぬぐってやった。それから自分の体をふきにかかった。

ここで、ふところの中がふくらんでいることに気づいた。宗鉄から渡された袋だ。火食い鳥のことで頭がいっぱいで、いまのいままで忘れていた。

いけねえと、反省しながら、弥助はみおに言った。

「みお、手を出しな」

「ん？」

「ほら、いいから」

首をかしげながらも、みおは小さな手を出した。その手に、弥助は袋を置いてやった。

「これな、みおにやるよ。いっぱいがんばってくれたごほうびだ」

みおは袋を広げ、使われている端切れの柄にはっと息をのんだ。

「これ……」

「ん？　どうかしたかい？」

「……ううん。なんでもない。ありがとう、弥助」

みおは袋を抱きしめ、顔をうずめた。

それに気づかぬふりをして、弥助はふとんを敷きはじめた。と、千弥が言いだした。

「弥助、おまえのごほうびがないじゃないか。おまえだってすごくがんばったのに」

「うん。でも、別にいいよ」

「いいわけないよ。じゃ、わたしが弥助にごほうびをあげる。そうだね。今日の夕飯はわたしが作ってあげようか」

「そ、それだけはかんべんして！」

悲鳴をあげた弥助であった。

6　新しい面

翌日の夜、やってきた玉雪に、弥助は火食い鳥のことを話して聞かせた。

「まあまあ、そうだったんですか。それは、あのぅ、大変でしたねぇ」

「うん。大変だったよ。ほんとのこと言うと、雛たちが帰ったあとのほうが大変だった……千にいったら、おれにごほうびをやるってきかなくてさぁ。結局、今度うなぎをどっさり食わせてもらうってことで落ちついたんだ」

「そうでしたか。あのぅ、まあ、それはそれでよかったんじゃありませんか？　うなぎ、弥助さんの大好物でしょう？」

「そりゃ、うなぎはうれしいけどさ。なんかこう、あまやかされすぎてる気がして」

「いいじゃありませんか、それで。そういえば、千弥さまとみおちゃんは？」

「千にいはまた久蔵に飲みに引っぱりだされた。みおは、そこだよ」

弥助は、部屋のすみを指さした。そこに、ふくらんだ大きな袋があった。

「あれが……宗鉄さんが作ったという袋ですか？」

「うん。すっかり気に入ったらしくてね。今日はずっと中に入ってるんだ。ああ、いまはたぶん寝てるよ。昨日の疲れがまだ残っているはずだから。ほんと大変だったんだよ。火食い鳥のやつら、めちゃめちゃ食うんだもん」

弥助の言葉に、玉雪はちょっと唇を噛んだ。

「くやしいですねぇ。あたくしがその場にいれば、少しはお手伝いできたのに。大事なときにいなくて、あのぅ、申し訳ないです」

「そんなことないよ。でも、しばらく顔を見せなかったね。どうしてたんだい？」

「あい。あのぅ、あたくしの生まれ故郷の山に帰っていました。新たな山の主が誕生したというので、あのぅ、お祝いに行ったんですよ」

「へえ。新しい山の主には会ったのかい？」

「あい。それはそれは美しい、白い牡鹿の君でございました。いずれは、見事な大角を広げて、あのぅ、お山をすみずみまで守ってくださることでしょう」

玉雪の言葉に、弥助は美しい牡鹿を思いうかべた。いくつにも枝わかれした角と、神々しい白い毛並みをかがやかせ、しなやかな首と四本の肢に力を宿らせて……。

「おっと、いけないいけない」

玉雪の声が、弥助を物想いから引きもどした。

「なんだい？　どうしたの？」

「あたくしときたら、あのぅ、大切なことを忘れていました。さびなめのかなめさんから言付けを預かってきたんです。四日後の夜に、あのぅ、子どもを預けに来たいそうですよ」

「さびなめ？　聞いたことないな。どんな妖怪なんだい？」

「名前のとおり、錆をなめとる妖怪ですよ。一晩だけ、あのぅ、預かってほしいそうです。それと、お子さんはまだ小さいので、あのぅ、いい錆をなめさせてほしいとのことです」

「……いい錆って、どんな錆？　そもそもさ、錆にいいも悪いもあるのかい？」

「あるんだそうです」

玉雪はまじめくさった顔でうなずいた。

「銀や玉鋼の錆は、とてもいいんだとか。たとえば、かんざしとか刀の錆ですね。そういうのじゃないと、小さなさびなめの子はおなかを下してしまうんだそうです」

「かんざしに刀かぁ。しょ、しょうがない。また明日、古今堂に行って、なにか探してくるよ。でもなぁ、そろそろ本気で宗太郎さんに怪しまれちまいそうだしなぁ」

悩む弥助に、玉雪が言った。

「それなら、十郎さんを頼ってみてはどうでしょう？」

「十郎さんって、仲人屋の？」

「あい。人と付喪神との縁を結ぶ仲人なら、古い品々のことをいろいろと知っているでしょう。頼めば、あのぅ、力になってくれるんじゃないでしょうか？」

「そうだね。……頼んでみようかな。玉雪さん、十郎さんに話をしてきてくれるかい？」

「ええ。いますぐ行ってきますよ」

玉雪はすぐに出ていき、一刻ほどでもどってきた。

「十郎さんに会えましたよ。よろこんで力を貸すと、あのぅ、言ってくださいました。明日の昼どきに、あのぅ、室町三丁目の仏具屋、百蓮堂に来てほしいそうです」

「室町？　あんなお高い店がならんでる通りに来いって？　うーん。やっぱり十郎さんってよくわからないなぁ。ま、まあ、とりあえず行ってみるよ。ありがとう、玉雪さん」

次の日、弥助はみおを連れ、さっそく室町三丁目に向かった。

室町三丁目は、江戸一番のにぎわいを見せる日本橋の一画で、通りには有名な店がずらりとならぶ。通りを歩く者たちも、身分の高そうな武士から僧侶、身なりのいい商人や流行のまげを結った奥方といった人々が多い。

華やかな往来に、弥助はちょっと気が引けた。

逆に、みおは楽しそうだった。これだけにぎやかで人が集まるところは初めてなのだろう。迷子になっては大変だと、弥助はみおの手をぎゅっとにぎって、絶対にはなさなかった。

なんとかお目当ての仏具屋にたどりついた。小さいがりっぱな店がまえで、「百蓮堂」という看板にも風格がある。のれんに近づくと、ふわっと、線香のよい香りがした。

さて、十郎はもう来ているのだろうか？　中に入っていいものだろうか？

少し考えていると、ぽんと、肩を叩かれた。

ふりむくと、風呂敷包みを背負ったやさしい顔つきの男がいた。

仲人屋の十郎だ。

「十郎さん！」

「やあ、よく来てくれましたね、弥助さん。それに、そっちはみおちゃんだね。うんうん。

玉雪さんから話は聞いてますよ。あたしは十郎っていうんです。よろしくねぇ。さて、それじゃ、さっそく中に入りましょうかね。あちらもお待ちかねだろうから」

わけもわからないうちに、弥助たちは十郎に引っぱられ、百蓮堂ののれんをくぐっていた。

中は静かだった。ほのかに薄暗く、あちこちにりっぱな仏壇がある。他にも大小様々な仏像や、金箔のはられた蓮の飾り物などが置いてあった。

番頭らしき男が、すぐにこちらに気づいた。十郎を見るなり、笑顔となる。

「これはこれは十郎さん。ひさしぶりでございますね。大おかみからうかがっておりますよ。ささ、どうぞ奥へ」

「うん。それじゃあがらせてもらいますよ。ああ、案内はいりませんって。勝手知ったるなんとやらですからねぇ」

そうして、十郎を先頭にして、三人は店の奥へとあがり、廊下を歩いて、さらに二階へとあがった。百蓮堂で働く者たちが寝起きする場所なのだろう。店とはちがい、日々の暮らしの匂いがした。

やがて一つの部屋の前で、十郎が立ち止まった。

「失礼します。お志麻さん、十郎ですよ」

十郎が声をかけると、すぐに障子の向こうから返事があった。

「お待ちしてましたよ。入ってきてくださいな」

十郎が障子を開けると、その向こうはしゃれた一間になっていた。いかにも女らしい雰囲気で、花瓶に飾られた季節の花も美しい。

そして、奥には女が一人いた。五十歳くらいだろうか。しわの少ないすっきりした顔立ちで、きりりとした目をしており、いかにも芯が強そうだ。紫がかった薄い利休白茶色の着物に、くっきりとした千草色の帯。髪もきちんと結ってあり、身だしなみに隙のないすがただ。

かんざしだけが少し似合っていなかった。翡翠でできた小さな鳥が、細い銀鎖でぶらさがっているかんざしは、もっと若い娘がつけたほうがいいだろうに。

女はにっこりと十郎に笑いかけた。

「よく来ておくれだねえ、十郎さん。ひさしぶりに会えて、うれしいですよ」

「ありがとうございます。お志麻さんもますますお美しくなられて。ええ、本当にかがやくようだ」

「お世辞は素直に受け取りますよ。そういうことは、いまはなかなか言ってもらえないからねえ。昔はたくさん言われたものだけど」

軽口を叩いたあと、お志麻と呼ばれた女は弥助たちにちらりと目を向けた。

「で、その子がそうなの？」

「さようで」

「そう。思っていたよりもずいぶんと若いけど……でも、まあ、十郎さんの紹介ならまちがいないでしょう。いいでしょう。おまかせしようじゃありませんか」

大きくうなずいてから、お志麻は「そこに出しておきましたよ」と、そばに置いてある桐の箱を指さした。座布団ほどの大きさの箱で、紫の絹紐で封がしてある。

「では、さっそく拝見」

十郎は箱を引きよせ、紐を解いて、ふたを開けた。弥助とみおも中をのぞきこんだ。

箱に入っていたのは、刀の鍔だった。二十個あまりもあるだろうか。綿がしきつめられた上に、きちんと、大切そうにならべられている。が、残念なことに、そのすべてに茶色の錆がまだらにうかんでいた。

「これは、あたしのおとっつぁんが集めていたものでねえ。商人のくせに、どうしてか刀鍔が大好きで。よくめずらしい鍔を手に入れたと言っては、大よろこびしていたもんですよ」

父親を思い出してか、お志麻の顔がなつかしそうにゆるんだ。細い指で、そっと、ならんだ刀鍔をなでていく。

「あたしは、別に鍔に興味はないけど、おとっつぁんの形見として、大事に取っておいたんですよ。ところが……」

お志麻の顔が急に険しくなった。

「うちのばか嫁がやらかしてくれた。これを勝手に持ちだして、みょうちくりんな水をふりかけたんですよ。あたしが気づいたときにはこのありさま。もちろん、叱りましたよ。でも、あの嫁ときたら。悪いものを退散させるためだったとかなんだとか、言いかえしてきたんです。ばかばかしい。これに変なものが憑いているわけがないのに。もしそうだったら、一番にさみどりがあたしに教えてくれるっていうのにねえ」

苦々しげに言うお志麻に、十郎がなだめるように言った。

「まあまあ。お嫁さんも悪気があってのことじゃないでしょう。さみどりのことを知らないんだから、しょうがないとも言えますよ。まだ言っていないんでしょ？」

「当たり前ですよ！　なにがあろうと、あの嫁にさみどりのことを教えるつもりはありません！　絶対に、絶対にね！」

鼻息も荒く言ったあと、お志麻はまた弥助たちのほうをちらりと見た。

「ねえ、十郎さん。この子はおまえさんの正体を？」

「ええ、知っていますよ」

「それなら、さみどりを見せてもだいじょうぶね。さみどりや。おまえもおしゃべりするかい？」

お志麻の言葉に、「そうしようかしら」と、澄んだ声が答えた。同時に、お志麻の頭から緑色のなにかが飛びたった。

それは、かわせみだった。あざやかな翠色で、大きさは栗ほどもない。それがなんとも楽しそうに、お志麻のまわりを飛びまわる。

弥助は目を丸くしながら、十郎を見た。

「付喪神？」

「そう。かんざしの付喪神ですよ。名前はさみどり。おしゃべり好きのいい子でねえ。だから、話し相手のいなかったお志麻さんに引きあわせてみたんですよ。あたしの見立てどおり、二人の息はぴったりだったというわけで」

「本当に十郎さんには感謝してるんですよ」

お志麻はしみじみとした様子で言った。

「先年大病してから、あたしは足腰が弱って、この部屋から出られなくなってしまったからねえ。夫はずっと前に亡くなっているし、一人息子は嫁の顔色ばかり見ていて、あたしには近づかないし。さみどりがいなかったら、さびしくて正気を失っていたでしょうよ」

「あら、そんなことはないはずよ。お志麻さんは強い人だもの」

澄んだ声で、さみどりがさえずる。お志麻がほほえんだ。

「ありがとうね、さみどり。でも、残念だけど、そこまであたしも強くないんだよ。その証拠に、嫁をいさめることもできやしない。みっともないことですよ」

ともかくと、お志麻は弥助をまっすぐ見た。

「父の形見がこんなありさまになっているのは、見ててつらいんですよ。本当は自分の手で磨きたいのだけど、あたしの指はもううまく動かなくてねえ。そちらで錆落としをしてもらえるなら、こんなにありがたいことはない。この刀鍔は、そちらに預けますから。どうかきれいにしてやってくださいな」

こうして、弥助は錆びた刀鍔を受け取ったのだ。

これだけあれば、さびなめの子も十分お腹がいっぱいになるだろう。

お志麻に礼を言って、弥助たちは百蓮堂をあとにしようとした。だが、のれんをくぐりかけたとき、奥のほうからさわがしい声がした。だれかが甲高くわめいている。

「もしかして、あれ……」

「ええ、ここのおかみの歌江さんですよ。お志麻さんの息子のお嫁さん。あの人、ちょっと困ったところがありましてねぇ」

十郎は苦笑しながら声をひそめた。

「なんでもかんでも、物事を悪く考えてしまう人なんですよ。たとえば、花見に行こうと思った日に雨が降った。これは、だれかが自分を呪っているからにちがいない。櫛の歯が一本折れた。これは悪いものが自分に憑いているあかしにちがいない。とまあ、万事こんな調子で」

「……面倒くさいなぁ」

「まったくです。だから、あちこちから山のようにお札を買ってくるわ、怪しげな祈禱師を店に呼びこんだりするわと、まあ、さわぎの種を持ちこんでくる。お志麻さんも、あのお嫁さんが相手じゃいやになるでしょう。だからこそ、さみどりを渡したんです」

「いいことしたね、十郎さん」

「あたしもそう思う」

ずっとだまっていたみおも、声をあげた。

「あの人には、さみどりが必要だと思うもの」

「ありがとう。そう言ってもらえると、あたしもうれしいですよ」

十郎はにっこり笑った。


三日後、弥助たちのところにさびなめがやってきた。

さびなめは、とかげに似ていた。体はにょろりとしていて、黒光りするうろこでおおわれている。尾は長く、まるでぜんまいのように先がくるりと巻いている。手足の指も蜘蛛の脚のように長かった。

一方、子どものほうは、もっとあどけなかった。目も手もちんまりとかわいらしく、うろこも、砂粒のように小さく、色は薄い銅色だ。

母親が立ち去ったあと、さびなめの子はしばらく恋しがるような鳴き声をあげていた。

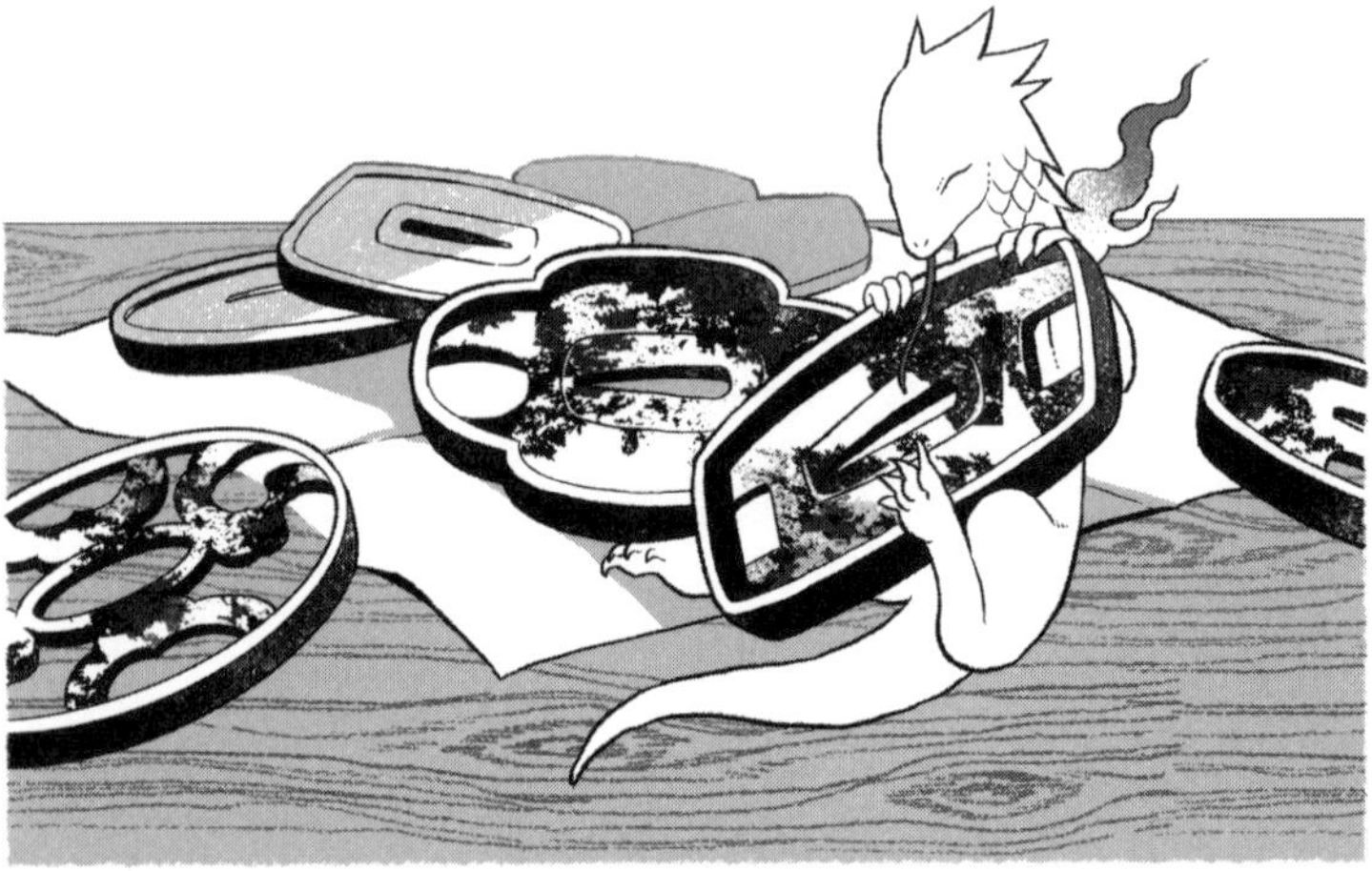

が、弥助が刀鍔を出してやると、すぐさまそれを抱きかかえ、まるで飴をなめるようにしゃぶりだした。すると、みるみるうちに錆が取れてきたではないか。

「こりゃいいや。うちの包丁や鍋も、錆びたらさびなめになめてもらいたいもんだなぁ」

「だめだと思う」

「なんでだい、みお？」

「だって、ここのうちの包丁は、いい鉄じゃないと思うもん。だから、錆もいい錆じゃないと思う」

「うっ……まあ、たしかに安物だけどさ。山姥に研いでもらってからは、すぱすぱ切れるようになったんだぞ？」

「それとこれとは話がちがうでしょ？」

「……おまえ、なかなか手きびしいなぁ」

　ともかく、お志麻から借りた刀鍔の錆は、さびなめの子に大変よろこばれた。よほど口に合ったのか、二十個もあった刀鍔をあらかたきれいにしてしまったほどだ。腹を下すこともなかった。

　二日後、弥助とみおはふたたび百蓮堂へ行き、お志麻に刀鍔を渡した。きれいになってもどってきた刀鍔に、お志麻が大よろこびしたのは言うまでもない。

　お志麻は弥助に干菓子をどっさりくれた上、「なにか他にほしいものはないか？」と聞いてきた。なにもいらないと答えようとしたところで、弥助はみおがなにかをじっと見つめていることに気づいた。

　みおが見ていたのは、箪笥の上に置かれた愛らしい白兎の面だった。目のまわりと頬のところが赤く塗られていて、笑っているような顔の造りが玉雪に似ている。

　みおの熱心なまなざしに、弥助はぴんときた。そこで、お志麻に言った。

「それじゃ、もしよかったら、あの兎の面をもらえませんか？」

「まあまあ、おかしなものをほしがるのねぇ。ええ、いいですよ。持っていきなさいな」

お志麻は快く許してくれ、兎の面は弥助のものとなった。

百蓮堂を出たあと、弥助は面をみおの手に渡してやった。

「これはおまえにやるよ」

「いいの？」

「もともと、みおのためにもらったんだ。ほしかったんだろ、それ？」

「うん。だって、かわいいし、それに玉雪さんみたいだし」

「たしかに。今夜はそれをつけて、玉雪さんを出迎えてやりなよ。きっとびっくりして、それから笑いだすと思うな」

「うん！……ねえ、弥助。いま、つけてもいい？」

「もちろんいいよ」

みおはいそいそと自分の面をはずした。そのとき、弥助は初めてみおの顔を見たのだ。

みおの顔は、宗鉄とよく似ていた。浅黒くて、整っていて、黒いぱっちりとした目といい、小作りな口元といい、一目で親子とわかる。

とにかく、顔が見えたのはほんの一瞬で、みおはすぐに新たな面をつけてしまった。だが、それだけでもずいぶん雰囲気が変わった。目の穴が開いているだけの面と、かわいい兎の面とでは、大ちがいだ。その証拠に、道行く人が「あら、かわいいねえ」と、通りすがりに声をかけてきた。

ご機嫌の様子で、みおは笑いだした。

「弥助。弥助も、こっちのほうがいいと思う？　かわいい？」

「ああ、かわいいよ」

「ふふ、ふふふ」

さあ帰ろうと、二人は手をつないで歩きだした。

百蓮堂の二階から、じっと自分たちを見つめる者がいたことに、弥助もみおも気づいていなかった……。

7　不思議な尼

それから数日がたった。

みおは兎の面がよほど気に入ったのだろう。もうさいしょの面はかぶろうともしなかった。

手鏡をのぞきこんで、くすくすと笑っている少女に、弥助はさりげなく言った。

「みお、そいつが気に入ったのはわかるけど、ときどきははずしなよ」

「なんで?」

「これからもっと暑くなるからな。かぶりつづけてると、顔がかゆくなるかもしれないだろ?　だいたい、せっかくかわいい顔してるのに、隠しちまうなんて、もったいないよ」

「……………」

その言葉が効いたのか、みおは外に出るとき以外は、面をはずすようになった。ちょっ

としたことだが、みおにとっては大きな変化だ。

弥助はできるだけ「かわいいかわいい」と、素顔のときのみおをほめた。

ある日のこと、弥助は一人で近所の八百屋に行き、お目当てのしょうがを買いこんだ。

「よし。これでしょうがみそが作れるぞ。山芋も買ったから、こっちは短冊切りにして、甘酢であえてやろう。あとは……ちょっとぜいたくだけど、卵焼きでも作るかなぁ。みおはあまい卵焼きが大好きだし」

あれこれ晩のおかずのことを考えながら、弥助は長屋への帰り道を歩いた。と、路地に入りかけたところで、呼びとめられた。

「ちょいとちょいと、弥助ちゃん」

声をかけてきたのは、鋳掛屋の長介の女房、おろくだ。太鼓長屋の住人で、弥助たちの部屋から三部屋はなれたところに夫と住んでいる。おしゃべり好きだが、いたって気のいいおかみで、ときには「多めに作りすぎたから」と、弥助におかずをわけてくれたりする。

弥助はすぐに軽く頭をさげた。

「おろくさん。こんにちは。この前くれた枝豆、すごくうまかったよ」

「そうかい。そりゃよかった。って、そんなことよりさ、ちょっと教えておくれよ。最近、弥助ちゃんのとこに女の子が出入りしてるだろ？　ほら、兎のお面をつけた女の子。あれ、だれなんだい？」

みおのことだと、弥助はちょっとどきっとした。

「あれは知り合いから預けられた子だよ。ちょっとの間、うちに置いておいてほしいって、頼まれたんだ。つらい目にあったらしくて、それで面をかぶってるんだって」

「おやまあ。そうなのかい？」

「うん。そういうわけありの子だから、できれば放っておいてやってほしいんだ。知らない人に話しかけられたりすると、あの子、すごくおびえちまうんだよ」

わかったと、おろくは頼もしく胸を叩いた。

「そういう事情があるなら、うん、たしかに静かに見守ってやるのが一番だ。みんなにもそう言っておくから」

「ありがとう」

長屋では噂が広まるのがおそろしく早い。おろくが広めてくれるのだから、なおさらだろう。とりあえず、これでみおは放っておいてもらえるだろう。

ひと安心しながらも、弥助は妙な引っかかりを感じた。

「なぜ、いまさら？」と思ったのだ。

みおを預かったのは、ふた月あまり前なのだ。目ざといおかみたちは、みおのことはずっと前から気づいていただろうに。

おかしなことだと思いながら、弥助は自分の長屋にもどった。戸口をまたぐと、すぐにみおが飛びついてきた。

「お帰り、弥助！　洗濯物、しといたよ」

「お、ありがとな、みお」

「弥助、わたしのほうがたくさん洗ったからね。物干し竿に干したのもわたしだから」

「わかってるよ。いつもありがとう、千にい」

弥助の言葉に、みおと千弥はにこにことした。その様子はそっくりで、弥助は思わず笑いをかみころした。

「それで、しょうがは買えたのかい？」

「うん。今日はとびきりのしょうがみそを作るから。あと、山芋もあったから、甘酢であえるよ」

「うれしいね。わたしはあれが大好きだよ」

「うん。そうそう。みおには卵焼きを焼いてやるよ。うんとあまいやつ」

「やった！」

なごやかに話していたときだ。弥助ははっとなった。

「いっけね！」

「ど、どうしたの？」

「なんだい、弥助？　腹痛かい？　い、医者を呼ぼうか？」

「いや、おれのことじゃなくて、今夜のこと。ほら、玉雪さんが昨日言ってたろ？　今夜は石食いが子どもを預けに来るらしいから、小石を用意しておくといいですよって」

うっかりしてたと、弥助は頭をかいた。

「朝まではおぼえてたんだよなぁ。八百屋に行って、帰りに河原で石を拾ってこようって思ってたのに。でも、しょうがとか買ったら、きれいに忘れちまった……しかたない。これからちょっと河原に行ってくるよ」

「みおも行く！　いっしょに小石拾う！」

はしゃいだ声をあげるみおの横で、千弥がくやしげにうなった。

「……わたしは、これから按摩(あんま)に呼(よ)ばれているんだよ」

「それじゃそっちに行かなきゃね」

「……わたしも河原(かわら)に行きたいのに」

「まあまあ」

なだめすかして、なんとか千弥(せんや)を送りだしたあと、弥助(やすけ)はみおを連(つ)れて近くの河原(かわら)へと向かった。しばらく雨が降(ふ)っていないので、川の水は少なく、夏の暑さもあって、人のすがたはほとんどなかった。

みおは弥助(やすけ)を見あげた。

「たしか、白くてすべすべしている小石がいいんでしょ？」

「玉雪(たまゆき)さんはそう言ってたな。暑いから、とっとと拾って、とっとと帰ろうな」

「うん」

二人は小石を探(さが)して、河原(かわら)をうろうろしはじめた。

弥助(やすけ)は暑さでうんざりしていたが、みおのほうは楽しんでいた。宝物(たからもの)を探(さが)しているようで、おもしろい。ついつい夢中(むちゅう)になり、いつのまにか弥助(やすけ)と少しはなれてしまった。

ここで、みおはおしっこをしたくなった。あたりを見れば、ちょうどよく背(せ)の高い葦(あし)が生(お)いしげっている。弥助(やすけ)に声をかけようかとも思ったが、すぐにもどるのだからいいだろうと、みおはそのまま葦(あし)の茂(しげ)みへと走りこんだ。

用を足して、さあもどろうと、気分良(よ)く葦(あし)をかきわけたときだ。

みおはぎくりとした。

すぐ目の前に、一人の女が立っていたのだ。

女は尼(あま)のすがたをしていた。黒い衣(ころも)をまとった立ちすがたはすっくとして、気品がある。顔はよく見えない。もうすと呼(よ)ばれる白いかぶりもので、目のきわまでしっかりと隠(かく)してしまっているからだ。

顔の半分を隠(かく)したまま、尼(あま)はじっとみおを見つめてくる。そのまなざしに、みおは体が動かなかった。

と、尼(あま)が口を開いた。

「そなた、人ならぬけがれを背負(せお)うていますね」

自分の正体を見破(みやぶ)られたのかと、みおは息ができなくなった。か細く喉(のど)を鳴らす少女に、尼(あま)がそっと触(ふ)れてきた。白い指が、やさしくみおの黒髪(くろかみ)をなでる。

「だいじょうぶですよ。恥じることもおそれることもないのです。そのけがれは、おそろしいもの。なれど、そなた自身が招いたものではないのですから」

だいじょうぶだいじょうぶと、くりかえす尼。その声は、みおの心に響いた。

この人は信じられる。助けてくれる人だ。救ってくれる人だ。

すうっと、おそれが引いていった。そして、気づいたときには、みおは尼にすがっていた。

「助けて……」

「ええ。そなたが望むのなら、わらわはいくらでも手を貸しましょう。ですが……ここではだめです。わらわたちは二人きりで、安全な場所にてあいまみえなければ」

近くにある古寺を知っているかと、尼は問うてきた。みおはうなずいた。家出したときによく逃げていた場所の一つだ。

「わらわはしばらくあの寺にいます。いつでも訪ねていらっしゃい。ただし、一人で。わらわと出会ったことも、そなたの連れの少年にはないしょにしておいたほうがいいでしょう」

「どうして？」

「あの少年には、なにやらただならぬ気配がまとわりついているのです。きっと、そなたの邪魔になる」

だまりこむみおに、尼は少しだけほほえんだ。

「では、そなたの訪れを待っていますよ」

尼は静かに、素早く立ち去った。

みおはそのあともしばらく動けなかった。

けがれ。みおのけがれ。それはきっと、妖怪の血を持っているということだ。だが、尼は助けてくれると言った。その言葉を信じたい。

と、弥助の声が聞こえた。心配したように、みおの名を呼んでいる。

みおはあわてて河原へと飛びだしていった。

弥助がいた。みおを見ると、ほっとしたように頬をゆるませる。

「おまえ、どこ行ってたんだよ。いきなりすがたが見えなくなるから、心配したんだぞ」

「ごめんなさい。ちょっと、おしっこに」

「それならそうと、一言言っておいてくれよ。心配したぞ」

「ごめんなさい」

うつむくみおに、弥助は首をかしげた。

「どうした？　なんか、気分でも悪いのか？」

「ううん。……平気」

「そうか？　じゃ、とにかくもどろう。そこそこ小石は集まったしな」

弥助に手をにぎられ、なんだかみおは泣きたくなった。

弥助はやさしいし、まるで兄のようにみおをかわいがってくれる。

「やっぱり、あの尼さまのところには行かない。弥助を悪く言う人のところなんかに行かないほうがいいもの」

みおはそう思った。

だが……。


次の日の夜、みおは古寺に向かって走っていた。その目は怒りでぎらぎらと燃えていた。

弥助に怒られたのだ。

きっかけは、津弓という子妖がやってきたことだった。

一目見たとたん、みおは津弓がきらいになった。そのふくふくとした顔が、やたら気にさわった。たっぷりと愛されている子どもの顔。いかにも幸せそうで、胸がむかむかした。しかも、津弓はべたべたと弥助にまとわりつきだした。これがまたいらいらした。弥助も弥助だ。遊びに来ただけの子妖なんて、とっとと追いかえしてしまえばいいのに。

みおはふてくされ、ひさしぶりに部屋の中でも面をかぶった。

と、津弓がみおをのぞきこんできた。

「なんでお面なんかつけるの？」

「……ほっといて」

そっけなく言っても、津弓はまったくめげなかった。

「みおって言うんでしょ？　ねえねえ、宗鉄先生の子どもだって、ほんと？」

「……父さまを知ってるの？」

「うん。津弓の具合が悪くなるとね、宗鉄先生が来てくれるの。鍼で刺されたり、苦いお薬を飲まされたりするときもあるけど、飲んで元気になると、がんばりましたねって、頭なでてくれるの。宗鉄先生のこと、津弓は好き」

にっこりとする津弓の顔を、みおはまじまじと見返した。そして……。

ばちんと、ひっぱたいた。

しばらくの間、津弓はぽかんとしていた。ぶたれた色白の頬がみるみる真っ赤になっていくのを、みおはいじわるな気分でながめた。

「みお！」

弥助がみおをどなりつけるのと、津弓が大泣きしはじめるのは同時であった。

「うわあああん！　や、弥助！　そ、その、子が、ぶ、ぶったぁ！　津弓のこと、ぶったのぉ！」

「ああ、おれも見てたよ。だいじょうぶ。すぐに痛くなくなるからな」

泣きじゃくる津弓を抱きとめながら、弥助はみおをにらみつけた。

「なにやってんだよ。自分より小さい子をぶつなんて」

「だって、その子、しつこいんだもの」

「話しかけてただけじゃないか。なにがそんなに気に食わなかったんだよ？」

「………」

みおは唇を噛みしめた。なんのためらいもなく、宗鉄のことを「好き」と言える津弓が許せなかった。だが、そのことを弥助に言うつもりはない。みおは弥助をにらみかえした。

「その子きらい。帰ってほしい。帰るところがあるんだから、とっとと帰ればいい」

「みお！　いいかげんに……」

このときだ。

千弥がみおの襟首をつかんで、猫の子でもつまみあげるように持ちあげた。そのまま戸口の外へと放りだしたのだ。

びっくりしているみおに、千弥は静かに冷ややかに言った。

「津弓のことはどうでもいいが、うちではね、弥助を困らせる子はいらないんだよ。ちょっと外に出て、頭を冷やしておいで。弥助にあやまる気になったら、もどってきていいよ」

そう言って、千弥はぴしゃっと戸を閉めたのだ。

みおはわなわなふるえながら戸口をにらんだ。自分があやまらないかぎり、あの戸が開くことはない。そうわかっていた。自分が悪いとも、心のすみでは感じていた。だが、あのあまったれたちび妖怪にあやまるなんて、まっぴらだ。

それに、弥助には裏切られた気がした。結局は弥助は妖怪たちの味方で、あちらの肩を持つ敵なのだ。

もういいと思った。今度こそ、弥助のところにはもどらない。あの尼さまのところへ行って、妖怪との縁を全部切ってもらおう。自分のけがれというものを清めてもらうのだ。

みおは夜の闇の中を走りだした。暗闇などこわくなかった。夜目がきくので、昼間と変わらずに物ははっきり見えるし、なにより昔から暗闇は好きだ。

静かで、しっとりと体を包んでくれる闇。暗がりにひそむと、いつもすごく安心した気持ちになれる。それに、いまは腹が立っていて、こわいものなど一つもなかった。

夜道を走り、みおはあの古寺へと駆けつけた。

今夜の古寺には人の気配があった。破れた障子越しに、明かりが見える。

みおはつばを飲みこみつつ、そっと近づいて声をかけた。

「あの……すみません」

すぐに中から「お入りなさい」と、返事があった。

中に入ってみると、あの尼が座っていた。あいかわらずもうすを深くかぶっているが、その口元はほほえんでいる。部屋はあまい香りに満ちており、みおはどこか別の世界に入りこんだような気がした。

おずおずと近づく少女に、尼はやさしく「待っていましたよ」と言った。

「さあ、わらわの前にお座りなさい。そして、すべてを話してごらんなさい」

「話すって、な、なにを？」

「すべてをです。そなたの名、生まれてからいままでのこと、そして悩み。そなたを助けるには、それらを聞かねばなりません」

「……」

さすがにためらうみおに、尼はほんのりと笑った。

「わらわをおそれることはありません。また秘密を打ちあけることをおそれることもない。なぜならば、そなたの苦しみ、痛みは、すでにわらわに見えているからです」

そう言うと、尼はほっそりとした手でもうすを取りはずしたのだ。

あっと、みおは息をのんだ。

こちらを見る尼は、美しかった。歳は四十代くらいか。色は白く、鼻と唇の形もいい。そして、その左の瞳は、りんどうのように青かった。

吸いこまれるように青い目。もう一方は黒いので、余計にその青さが際立って見える。不思議な目は、ぞくりとするような美しさ、人ならぬ威厳を、尼に与えていた。

かたまっているみおに、尼はふたたびほほえんだ。

「わらわは青寿と申す。そして我が目は浄眼。悪いものを見透かし、洗い清めるもの。この目はわらわのものであって、御仏のものなのです。そなたのけがれも、我が浄眼をもってすれば、清められるのです」

「ほ、本当ですか？」

「ええ。さっきも言ったとおり、もうわらわにはそなたのすべてが見えている。ですが、悩みや苦しみはそなた自身の口から吐きだされなければ、清めることにならないのです。だから話してほしい。この青寿を信じて、さあ」

とうとうみおは口を開き、弥助にさえ言ったことがない想いを打ちあけはじめた。

みおはずっと幸せな子どもだった。

病弱だが、やさしい母がいた。

夜は仕事に出かけてしまうが、昼間はいっぱい遊んでくれる父がいた。

二人によりそわれ、守られ、みおの毎日は幸せだったのだ。

だが、ある夜、すべてがこわれた。

きっかけとなったのは、一匹の蛾だった。

その夜、いつものように家には母と娘の二人きりだった。薬を飲んだせいか、母は眠っていた。その軽い寝息を聞きながら、みおはお気に入りの本を読んでいた。

と、みおの手のひらほどもある大きな蛾が、家の中に迷いこんできた。天井のあたりを飛びまわる蛾。その羽ばたきは重く、舞い散る粉がわずらわしい。

母が目を覚ましてしまうと思ったみおは、素早く柱をよじのぼり、梁の上に乗った。そして、狙いを定め、ぱっと蛾を捕えたのだ。

ばたばたと暴れる蛾をつぶさないようににぎりしめつつ、みおは梁から飛びおりた。音もなく着地できたことが誇らしかった。これで母を起こさずにすんだと。

だが、母のほうを見て、みおはぎょっとした。

母は起きていた。その目はかっと見開かれ、口はゆがんでいた。

怒っているのだと気づき、みおはあわてた。なにがいけなかったのか、わからなかった。自分の人間ばなれした素早い身のこなしが、母をおののかせたなど、思いもしなかったのだ。

「いやあああああっ！」

いきなり、母はさけびだし、ひどいののしりをあびせかけてきた。その中に、何度もくりかえされる言葉があった。

化け物！　化け物の子！　いまわしい！　汚らわしい！　化け物め！

わめく母の前で、みおは立ちつくしていた。心も体もしびれて、動けなかった。

この人はだれ？　なぜこんな、ひどいことを言っているの？

このとき、部屋に父が現れた。

暴れる母を片腕で押さえると、父はもう一方の手をふりあげた。その手に光るのは、青白い炎がついた長い鍼。それを、父はぷつりと母の腹部へと刺しこんだ。

たちまちにして、母は動かなくなった。ぐんにゃりと、父の腕の中でおとなしくなる。

みおはこわくなった。みおの目には、父が母に襲いかかったようにしか見えなかったのだ。

悲鳴をあげるみおに、父が駆けよってきた。だいじょうぶだと言いながら、みおを抱きしめようと両腕を広げてくる。だが、みおはそれから逃げた。

父がこわかった。

自分も、あの燃える鍼で刺されて、動けなくされてしまう。

必死で逃げまわった。もはや父の顔を見るのもおそろしかった。

その後、母は二度と暴れることはなかった。が、笑顔をうかべることもない。無表情で、ただ水や粥をすする様子は、魂のない人形のようだった。

父のせいだと、みおは思った。

あのとき、あの鍼で、父は母の魂をこわしたのだ。

あれはしかたなかった。ああしなければ、母は自分の体を傷つけていただろう。その上、みおにも飛びかかっていたかもしれない。だから、鍼でつぼを突き、しばらく力が入らぬようにしたのだ。

いっしょうけんめい言い訳する父から、みおは顔をそむけた。もう父の正体はわかっていた。

化け物。

母は正しかった。父は化け物で、自分は化け物の子なのだ。でも、いやだ。絶対に認めない。自分は人だ。化け物なんかじゃない。

母に言われた言葉があまりにもつらくて、とにかく父を憎まずにはいられなかった。そうしないと、自分がこわれてしまいそうだったから。

やがて、母はひっそりと亡くなった。途方に暮れる父と、心を閉ざした娘を残して……。

みおの話を聞き終え、青寿はふっと息をついた。

「……つらい目にあってきたのですね。でも、もう苦しまなくていいのですよ」

泣いているみおの手を、青寿はそっとにぎった。

「我が左目をもってしても、そなたのけがれを絶ち切るのは易しいことではない。……ですが、良いことをつづけていけば、そなたはやがて人になれるでしょう」

「ほ、本当に？」

「ええ。ですから、わらわと共にいらっしゃい」

びっくりする少女を、青寿はじっとのぞきこんだ。真っ青な目が、みおのすべてを飲みこんでいく。

「各地を歩き、迷える者、苦しむ者に安らぎと救いをもたらすのが、わらわの役目。その手伝いをすることで、そなたのけがれは浄化していくことでしょう。そなたのような子を、わらわはずっと探していたのです。そなたはあやかしの血を持ちながらも、人の心を持つ。そなたは、御仏に選ばれた子。わらわと同じものなのです」

みおの頰を新たな涙が伝った。妖怪の血を引く自分を、浄眼を持つ尼が同じだと言ってくれた。身ぶるいするほどうれしかった。

この人についていこう。この人の言葉に従い、人々を助ける力となろう。

そう決意し、差しのべられた青寿の手をとろうとしたときだ。

「行くな、みお！」

大声と共に、弥助が飛びこんできた。

8　かどわかし

さて、時は少しさかのぼる。

みおが千弥につまみだされたあとも、津弓は弥助にすがって、ぺそぺそと泣いていた。

「うう、ひ、ひどいぃ」

「うん、あれはひどいよな。いい音がしたから、痛かったろ？　今回はひどい目にあったな」

「ち、ちがう。みおも、ひ、ひどいけど、千弥もひどい！　だって、津弓のこと、どうでもいいって言ったぁ！　ひ、ひどいの。叔父上に、い、言いつけてやる！」

「そ、それだけはかんべんしてくれ！」

弥助は真っ青になって、必死で津弓をなだめた。

「な、津弓。もう泣くなよ。千にいがああいうこと言うのは、いつものことなんだし。悪

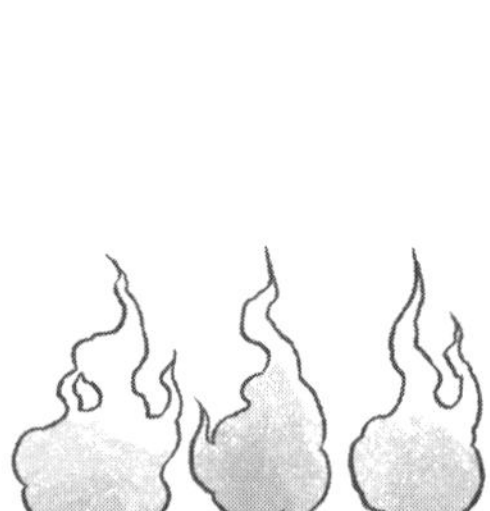

気も、た、たぶんないから。な？」

「むう……」

頬をふくらませつつ、津弓はなんとか泣きやんだ。

よしよしと頭をなでてやってから、弥助は戸口を開けて、外を見た。やはりみおのすがたはどこにもなかった。

「また逃げたか。……しかたないなぁ」

下駄をはく弥助に、千弥は眉をひそめた。

「まさか、迎えに行く気かい？」

「そりゃね。だって、みおもおれが預かってる子どもだもん」

「やれやれ。弥助は本当にやさしいね。それじゃ、わたしもいっしょに行こう。夜道はなにかとあぶないから」

「それなら、津弓もいっしょについてく」

ぱっと、津弓が手をあげた。

「津弓、前より術も上手に使えるようになったの。弥助を守ってあげる」

「冗談じゃないよ。おまえなどにわたしの弥助を守りきれるものかね」

「うへえええん！　弥助！　千弥がまたひどいこと言ったぁ！」

「ほらほら、二人とも、やめなって」

それなら三人でみおを迎えに行こう。

弥助がそう言おうとしたときだ。

津弓があっと声をあげた。

「だれかこっちに来る。足音がするよ」

「え？　みおか？」

戸口から顔を出した弥助に、黒い大きな影がおおいかぶさってきた。

「よほほほ！　お晩でござる！」

「げえっ！　きゅ、久蔵！」

大家の息子、久蔵だった。顔は真っ赤で、息が酒臭い。足元もおぼつかず、抱きつかれた弥助はその重さによろめいた。

久蔵は赤い顔でへらへらと笑った。

「ひょう、たぬ助。元気だったかい？　しばらくおれと会えなくて、さびしかっただろうねぇ。悪かった悪かった。おれもねぇ、さびしかったよぉ」

「こ、この酔っぱらいの、すっとこ、ど……げぶ！」

「ん～？　言葉も出ないほどうれしいのかい？　かわいいとこがあるじゃないか。おお、よちよち」

久蔵はうめく弥助をさらにさらにと抱きしめる。天敵に抱きしめられる気持ち悪さに、弥助は血の気が失せそうになった。

ここで、千弥が久蔵を引きはがし、そのままかなり乱暴に土間に転がした。だが、酔っぱらいは妙なところで打たれ強くなるらしい。

久蔵は今度は千弥の足にしっかりとしがみついたのだ。

「ああん、千さん！　会いたかったよぅ！　あいかわらずすてきなお顔をしてらっしゃるねぇ」

「……なんなんですか、久蔵さん。酔っぱらいは迷惑です。親御さんのとこでも、恋人のとこでも、どこでも行ってください」

「千さんまで冷たくしないでよぅ。なんなのさ、みんな。よってたかって、おれをいじめてよぉ。千さん。千さんだけはおれの味方だよねぇ？　ねぇ？」

びゃあびゃあと、今度は派手に泣きだす久蔵。それでも、千弥の足をはなそうとしない。

わずらわしいと、千弥は舌打ちした。白いこめかみに青筋がうっすらとうかびあがる。

この隙に、弥助は外に出ていた。津弓もだ。

「ごめん、千にい。おれと津弓で、先に行ってる」

「お待ち、弥助。それはだめだよ」

「平気だって。千にいはそいつのお守りしててよ。おれのために、お願い」

頼みこまれ、千弥はしぶしぶうなずいた。

「わかったよ。この人を家に帰したら、すぐにわたしも追いかけるから」

「うん。それじゃまたあとで」

「気をつけて行くんだよ。……津弓。弥助を守らなかったら承知しないからね」

「わ、わかってるもん！　津弓、ちゃんと弥助を守るんだから」

そうして、弥助と津弓は夜の闇の中に溶けこんでいった。

残された千弥は足元を見た。久蔵は涙でぐしょぐしょの顔をしながら、なにやらわけのわからないことをわめいている。

顔を踏みつけたら、正気にもどるだろうか。

やってしまおうかと、千弥は本気で思った。

真っ暗な夜道を、弥助と津弓は進んだ。

津弓はご機嫌だった。みおに叩かれた頬は、まだ少しじんじんするが、それも気にならない。こうして弥助と二人で歩けるのがうれしいのだ。

一方の弥助は、暗闇に苦労していた。

一歩一歩、やけに慎重に足を踏みだす弥助に、津弓は首をかしげた。

「どうしたの、弥助？」

「いや……しくじったなと思ってさ。こう暗くちゃ、足元がぜんぜん見えないだろ？……だめだ。やっぱり明かりを取りにもどろう」

来た道をもどろうとする弥助を、津弓は押しとどめた。

「待って、弥助。明かりがほしいなら、津弓が作ってあげる」

津弓は両手をあわせ、まるでほおずきか蓮のつぼみのような形を作った。そこに、ふうっと、息を吹きこむ。

しばらくしてから、手を開くと、ふわあっと、小さな火の玉が三つ、飛びたった。

空色、銀色、そして桃色。本物の蛍のように、弥助たちのまわりを飛ぶ火の玉。そのやさしい光に照らされ、ぽうっと、まわりがうきあがる。

　びっくりしている弥助に、津弓は鼻の穴をふくらませながら言った。

「どう？　津弓、ちゃんと役に立つでしょ？　毎日、叔父上に教えていただいてるの。これでもうだいじょうぶ？　足元、見える？」

「ああ、だいじょうぶだ。すごいぞ、津弓。えらいえらい。……なあ、津弓？」

「なぁに？」

「もしかして、鼻がきいたりしないかい？　みおがどっちに行ったか、たどれないか？」

　津弓はにっこりとしてみせた。それが答えだった。

　二人はふたたび夜道を歩きはじめた。今度は津弓が弥助の手を引いていく。みおの匂いをたどりながら、津弓は弥助にたずねた。

「ねえ、弥助。どうしてみおは、津弓に怒ったの？　津弓、悪いこと言ってないよね？」

「そうだな。津弓は悪くない。ただ、みおは……おとっつぁんのことがきらいなんだよ」

「宗鉄先生のことが？　なんで？　どうして？」

「うーん。ちょっといろいろあったんだよ。でも、みおはきっと、心の中ではおとっつぁんと仲良くしたいんだ。そうしたいのに、やり方がわからないから、いらいらしてるんだ。

津弓をぶったのも、そのせいだと思う」

「どういうこと？」

「おまえ、宗鉄さんのことが好きだって言っただろ？　でも、みおはそれが言えない。言いたいのに言えない。だから、素直にそう言える津弓のことが、うらやましかったんだよ」

「そっか。……うん。津弓、みおの気持ちがわかる気がする。津弓もね、前はそうだったもの。叔父上のこと、大好きだったけど、なかなか好きって言えなかった。なんかね、津弓から好きとか言っちゃいけないと思ったの。あまえたら、叔父上をがっかりさせちゃうって」

　でもと、津弓は晴れやかな顔で弥助を見あげた。

「いまはちがうの。津弓、叔父上にあまえられるようになったの。たくさんお話しして、手もつないでいただいて。叔父上もね、津弓がそういうふうだと、なんかうれしいみたい」

「そりゃそうだろうな」

溺愛している甥からあまえられたら、月夜公は天にも昇る心地だろう。

と、津弓の顔が真剣になった。

「津弓が変わることができたのは、全部弥助のおかげ。だから、弥助、みおのことも助けてあげて。みお、かわいそうだと思うの。絶対絶対、助けてあげなくちゃ」

「おまえ……やさしいんだな」

弥助は胸がじんときた。

「ほんとになぁ。おまえがあの月夜公の甥っ子だなんて信じられないよ」

「あ、またそういうこと言って！　何度も言うけど、叔父上はすごくやさしいんだから！」

「……そりゃおまえにだけだ」

「そんなことないもん！」

「ある！　絶対ある！」

二人はぎゃいぎゃい言いあいながら、歩きつづけた。

よく知っている道を歩いていることに、弥助はそのうち気づいた。

「ああ、こっちの道か。うん。みおがどこにいるか、見当がついたぞ。この先の寺だ。みおのお気に入りの家出場所なんだよ」

「ふうん。……ねえ、弥助。そのお寺って、古いの？」

「うん。いまじゃ住職もいなくて、荒れ放題だ」

「……幽霊、出る？」

「おまえなぁ。妖怪が幽霊をこわがってどうすんだよ？」

「だって、叔父上が言ってたもん。妖怪より幽霊のほうがこわいって。人間だったものはこわいって。……津弓、こわいのは苦手なの」

　ぶるりと、津弓はふるえてみせた。

　そのまま進むと、やはりあの古寺が見えてきた。境内への石段の前で、津弓はぴたりと立ち止まった。

「津弓、ここで待ってる」

「わかった。そのかわり、この火の玉はおれにつけてくれるかい？」

「いいよ」

　津弓がなにかつぶやくと、火の玉は弥助のまわりを飛びかいだした。

「ありがとな。じゃ、みおを見つけて、すぐにもどってくるから」

　津弓と別れ、弥助は石段を登りだした。

　石段を登りきったところで、目をみはった。前方に光が見えた。明かりだ。古寺の中に明かりが灯っている。だれかいる。みおだろうか？

弥助は寺に近づいていった。

と、明かりの中に人影がうきあがった。人影は二つあった。

なぜか、弥助は口の中が乾いていくのを感じた。これは悪い予感だ。こういうときは慎重に動いたほうがいい。

自分の勘を信じ、弥助は道を照らしてくれた火の玉を追いはらった。それから音をたてないようにしながら古寺へとあがり、破れ放題の障子に顔を近づけた。

中にはみおがいた。やたら目をかがやかせ、うっとりとした表情で座っている。

みおの前には、見たこともない尼がいた。その横顔は美しかったが、作り物めいているように弥助には思えた。やさしげに見えるが、みおを見る目はよどんだ水のように暗い。

弥助はしばらく様子を見ることにした。尼が何者なのか、みおをどうするつもりなのか、それを知ろうと思ったのだ。

弥助が見守る中、尼はみおに話しかけていた。しきりにみおをはげまし、「選ばれた子」とたたえる。その言葉に、みおの心がみるみるからめとられていくのが弥助にはわかった。

このままではまずいと、冷たい汗がふきだしてきた。みおは自分でも気づかぬまま、餌食になりかけているのだ。助けなければ。

弥助は障子を蹴破る勢いで、中に飛びこんだ。

「行くな、みお！」

さっと、尼がこちらを向いた。おどろきと敵意でゆがむその顔に、弥助は尼の本性を見た気がした。

やはり自分はまちがっていなかった。みおを尼から遠ざけなくては。

みおの腕をつかもうと、弥助は手をのばした。だが、届かなかった。

いきなり、上から黒い影が落ちてきたのだ。

黒い着物に身を包んだ小柄な男だった。野良犬のような荒んだ気配をはなっている。

男は、弥助の腹にこぶしをめりこませた。

うめき声さえあげられず、弥助はその場に崩れた。


みおはかたまっていた。目の前で起きたことが信じられなかった。

弥助が飛びこんできたかと思うと、上から黒ずくめの男が落ちてきて、むささびのように弥助に襲いかかった。そしていま、弥助は床に倒れている。

すべてはあっという間の出来事だった。

なにがどうなっているのだろうと、みおは青寿を見た。だが、青寿はみおを見ていなかった。おもしろくもなさそうな顔で、黒い男を見ていたのだ。あの包みこむようなやさしげな雰囲気は、もはやかけらも残っていなかった。

「あと少しだったのに。あんたときたら、ほんと荒っぽくていけないねぇ」

がらりと乱暴な口調となる青寿に、男はにやけた笑みを向けた。

「すまねえな、あおめさん。だけどよ、この小僧をあのままにはしとけなかったろ？」

「まあね。しかたない。少々筋立ては変わっても、どっちにしろ行き着く先は同じさ。小娘のほうは、このままあたしにまかせてくれていいよ」

「じゃ、この小僧は？　殺っちまいますかい？」

舌なめずりをせんばかりに、男は弥助を見た。その手がふところへとのびる。

中から刃物を出す気だと、みおは真っ青になった。

だが、青寿が男を止めた。

「いや、それはよしとくれ。あたしの見たところ、この小僧、まだまだ使い道がある」

「じゃ、連れてくと？」

「ああ、そうしとくれ」

男は手慣れた様子で弥助を縛り、肩にかかえあげた。こういうことを何度となくやってきた手つきだ。迷いがない。

やっと、みおは悟った。

この黒い男は、悪党にちがいない。そして、青寿はその悪党の仲間なのだ。

だまされた。この女は御仏の御使いなどではない。そんなやさしいものではない。

涙をうかべながら、みおは青寿をにらみつけた。体はまだ動かない。喉もつまってしまっている。だから、ありったけの怒りをこめてにらみつけるしかなかったのだ。

と、青寿はゆったりとした身のこなしで、みおに向き直ってきた。そしてにっこりと笑うなり、みおにこぶしをふりおろしたのだ。

まったく容赦のない一撃を頭に食らい、みおはたちまち気を失ってしまった。

津弓はぽつんと石段のところに座っていた。何度か寺のほうをうかがったが、弥助がもどってくる気配はない。

やっぱりいっしょについていけばよかったかしら？

そう後悔したときだ。

足音が上から聞こえてきた。こちらにおりてくる。

弥助ではないと、すぐにわかった。足音は二人分で、弥助の足音よりもずっと重かったからだ。

津弓はすぐに道端のやぶの中に身を隠した。

案の定、石段をおりてきたのは、二人の人間だった。一人は男で、一人は女だ。

津弓はあやうくさけび声をあげそうになった。男の肩には弥助が、女の腕にはみおがかかえられていたのだ。どちらも青白い顔で、ぐったりしている。

津弓の胸がどきどきしはじめた。

きっと、この二人組は悪者だ。弥助たちをさらおうとしているのだ。

世の中には、子どもをさらってひどい目にあわせるやつがいることを、津弓は知っていた。だからこそおののき、だからこそ怒りをおぼえた。

弥助やみおをさらうなんて、絶対に絶対に許せない！

だが、津弓が身をふるわせている間にも、二人組は夜の道をすたすたと歩いていく。

あわてて術をかけようとしたところで、津弓ははっとした。

叔父が教えてくれた術は、どれもこれも「津弓自身」を守るための術だ。これでは役に立たない。弥助たちを助けることはできない。

「よし、やめた」

津弓は思い切りよくあきらめた。

自分では弥助たちを助けられない。だから、いまはどこに連れていかれるのかを見届け、それから助けを呼びに行こう。叔父を呼ぼうか？　それとも千弥？

心強い味方の顔を思いうかべながら、津弓はそっと悪人たちのあとをつけはじめた。

9　尼の正体

目覚めたとき、みおは暗い場所に転がっていた。まわりはごちゃごちゃと、木箱などが積まれている。どうやら蔵の中のようだ。身を起こそうとしたとたん、頭にずきっと痛みが走った。痛む場所をさすろうとしたが、できなかった。手が縛られていたのだ。

みおはようやく思い出した。

そうだ。青寿にだまされて、なぐられて……ああ、そういえば、弥助はどうしただろう？

まわりを見れば、弥助がいた。みおからそうはなれていない場所に、これまた縛られて倒れている。気を失っており、みおが小さく呼びかけても、いっこうに目覚める気配がない。

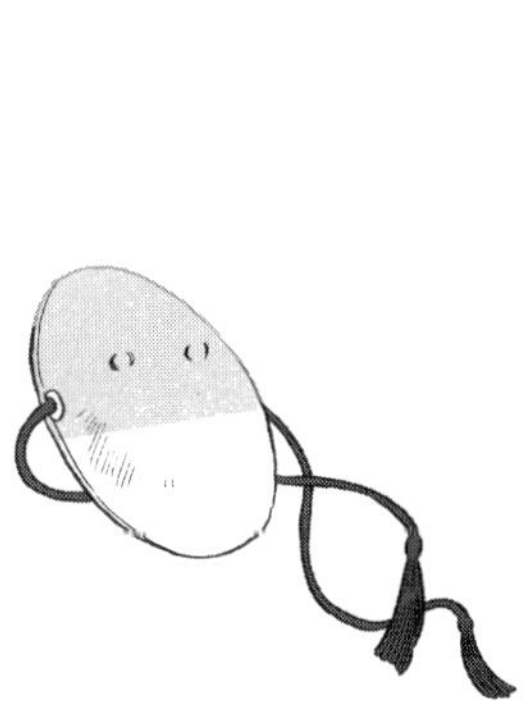

自分たちはこれからどうなるんだろう。悪いことばかりが頭にうかび、息がつまった。

「……父さま、助けて。助けに来て」

うなだれ、すすり泣いていたときだ。小さな声が上から降ってきた。

「みお。みお、そこにいる？」

見れば、蔵の壁に開けられた小さな窓から、津弓の丸い顔がのぞいていた。

あぜんとするみおを、津弓は心配そうに見た。

「だいじょうぶ？　けがしてない？」

「だ、だいじょうぶ」

「それじゃ弥助は？」

「なぐられて気を失ってるの。まだ起きないけど……たぶん、だいじょうぶだと思う」

「よかった。それじゃ津弓、助けを呼んでくる。もうちょっとだけがまんしてて。だいじょうぶ。絶対助けるから」

津弓のおさない顔が頼もしく見え、みおは泣きそうになった。同時に自分が恥ずかしくなった。この子に、なんてひどい真似をしたんだろうと。

立ち去ろうとする津弓を、みおは急いで呼びとめた。

「津弓！」

「なに？」

「ご、ごめんね。ぶったりして、ごめんね」

津弓はにこっとした。

「いいよ。許してあげる。みおより、千弥のほうがずっとこわくてひどいんだもん」

待っていてと言葉を残し、津弓は見えなくなった。

みおは少し呼吸が楽になった。縛られた手首は痛いし、頭もまだずきずきしているが、勇気がわいてきた。

もうだいじょうぶ。きっとだいじょうぶ。すぐに助けが来る。

そうつぶやいていたときだった。重たい音をたてて、奥の扉が開いたのだ。

小さな明かりを持って入ってきたのは、青寿だった。あいかわらず尼のなりをしていたが、穏やかだった顔つきは下品で卑しげなものとなっていた。

ひるみながらも、みおは相手をにらみつけた。青寿はおもしろそうに笑った。

「へえ、もう目を覚ましていたのかい？　さすがは化け物の子ってところか」

「な、な、なんで、こんなこと、す、するの！」

「そりゃ、あんたを手に入れるためさ。ほんとは、あんたが自分から仲間になるように仕向けるつもりだったんだけど。まったく、そこの小僧が邪魔しに来なければねえ」

青寿は転がっている弥助を憎々しげににらみつけた。その目のするどさ、冷たさに、みおはぞっとした。自分の知っているどの妖怪よりも、この女のほうがおそろしく見える。

みおのおびえた顔に気づき、青寿はにやりとした。

「あんたを見かけたのは、数日前の百蓮堂でだよ。あたしは、あそこの若おかみに招かれて、二階の客間にいたんだ。そこから何気なく下の通りを見てたら、百蓮堂から小僧が一人、出てきた」

青寿はその少年が気になったという。そばにだれもいないのに、まるで連れがいるかのようなそぶりを見せていたからだ。

「そのまま見ていたら、小僧の横に、いきなり小さな娘が現れたんだ。あれにはおどろかされたよ。ああ、もうわかってると思うけど、あたしが見たっていう小僧はそこに転がってるやつで、娘っていうのはあんたのことだ」

「あたしが……急に現れた？」

「そうさ。いやもう、おどろいたね。あの小娘はまちがいなく人間じゃない。そう思って、急いで手下の佐平にあとをつけさせたのさ。で、しばらく様子をさぐって、これなら仲間にできそうだと思った。だから、あんたが一人になったときに声をかけたんだよ。ほんと、あと少しだったんだけどねぇ」

残念そうにつぶやく青寿。だが、みおは聞いていなかった。自分のすがたが急に青寿の目に映ったということに、頭がいっぱいになっていたのだ。

そういえば、百蓮堂の大おかみのお志麻。あの人も、さいしょから十郎と弥助ばかりを相手にしていた。弥助とみおはならんで座っていたのに、お志麻は「その子が？」と弥助のことだけを見て、弥助にだけお礼の干菓子を渡していた。すべては、みおが見えていなかったからにちがいない。

だが、どうして？

考えられるのは一つ、あの白い面だ。あれはきっと、かぶった者を見えなくするもの、天狗の隠れ蓑のようなものだったにちがいない。あれをはずして兎の面につけかえたから、みおのすがたは見えるようになった。そうとしか考えられない。

（そういえば……あの面は父さまがくれたんだっけ）

子預かり屋のところに行くのが決まったとき、みおは「自分の顔がいやだ、隠したい」

と泣きわめいた。

すると、宗鉄はあの面を渡してくれた。

少しでも娘を守りたい。宗鉄はそう思って、あの面を娘に渡したのだろう。

「父さま……」

みおのか細いつぶやきを、青寿は聞きつけた。あきれたように肩をすくめる。

「あきれたねぇ。父親のことを恨んでるって、さんざん言ってたくせに。母親を殺した化け物を呼ぶなんて、あんたもあまったれだね」

「なっ！　父さまは母さまを殺してなんかいない！」

「いや、殺してる。あんたの父親にとっちゃ、人間の女なんてただの獲物だったのさ。母親はだんだんと弱っていったんだろう？　父親が生気を吸っていたにちがいないよ。で、吸いとれるだけ生気を吸いとって、さいごにとどめを刺したというわけさ」

「ちがう！　と、父さまはそんなことしない！　だまれ！　だ、だまれ！」

涙でぐちょぐちょになりながらさけぶみおを、青寿は鼻でせせら笑った。

「なにをむきになってるのさ、ばかだね。もともとは、あんたが言ったんだよ。父親が母親を殺したも同然だって。あたしはそれにうなずいてやってるだけなのに」

痛いところをつかれ、みおはだまった。くやしいが言い返せなかった。

同時に理解した。これが青寿のやり方なのだ。相手から本心を聞きだし、それを利用する。なんといやらしいのだろう。心の弱い人間だったら、それこそひとたまりもない。

「な、なんで、こんなことするの？　こんなひどい……だますようなことを」

「金のためさ。人をだますのは、いい稼ぎになるんだよ」

獲物はふところが温かく、心に隙のある人間だと、青寿は言った。見下すような、吐き捨てるような言い方だった。

「恵まれている人間ってのはね、自分がどんなに幸せかわかっていないものなのさ。だから、恵まれている人間ほど、不満を持っている。ちょっとしたことが、やたら気にさわって、不安でたまらないのさ。あたしらはそこにつけこむってわけ」

たとえば、百蓮堂の若おかみだと、青寿は言った。

「あの女はほんと簡単に堕ちてくれたよ。しっかり者の義理の母親に、かたぶつの旦那、結束の固い番頭や手代たち。自分だけがよそ者で、居場所がない。子も生まれないし、いろいろ遊びたいのに、金も自由に使わせてもらえない。あの女はそんな不満をつのらせていた。そういうことを、あたしは見抜いたのさ」

そこで、青寿の仲間たちはあれこれ仕掛けをした。

夜、若おかみにだけ聞こえるよう、すすり泣きを聞かせる。明かりの中にわずかな火薬を仕込み、若おかみが火を入れたとたん、はげしくはぜるようにする。風呂場に血のあとを残す。

自分のまわりにだけ変事が起こることに、若おかみは死ぬほどおびえた。

そうして十分に獲物の心を弱らせたところで、青寿がさっそうと登場する。若おかみを道で呼びとめ、「失礼ながら、あなたのまわりに黒い影がうごめいて見える。もしやおそろしい出来事に見舞われているのでは？」と、さも心配した様子で言ってやる。

とどめに、この青い目を見せれば、相手はもはや完全に青寿の手の内だ。青寿を御仏の使いと信じこみ、助けを求め、すがってくる。

青寿はかかかかっと高笑いをした。

「あの女をあたしの信者にするのは、赤子の手をひねるより簡単だったよ。あなたには悪いものが憑いている。身を守るために、自分のまわりに、この大変貴重な聖水をふりかけなさい。そう言ってやったら、あの女、ただの井戸水を二十両でお買いあげくださったよ。ただの水が二十両だよ？　これだからこの商売はやめられないってもんさ」

「……ひどい」

「なにがひどいもんか。だまされるほうが悪いんだ。それに、もうわかっただろ？　あたしが狙うのは不幸な人間じゃあない。人一倍恵まれてるのに、自分の幸せに気づいていない欲張りな人間が獲物なんだよ。あの若おかみなんて、どうだい？　毎日うまいものを食べ、いい着物を着て、付き添いの女中や小女がなにくれとなく世話を焼いてくれている。なのに、自分は不幸だと、嘆いてばかり。まったく。一度痛い目にあったほうが世のためってものさ」

憎々しげに言いはなつ青寿。自分の悪事を誇るすがたは、どこかかがやいてさえいた。

みおは目をぎゅっとつぶった。

この女をもう見たくない。早く、早くだれか助けに来て。津弓。早くもどってきて。

と、青寿はふと真顔になり、みおに手をのばしてきた。みおはおびえて身をよじったが、強い力であごをつかまれ、右に左にと無理やり動かされた。

青寿はみおのあちこちを見たあと、残念そうに眉をひそめた。

「あんたに妖怪の血が流れてるなんて、だれも思わないだろうね。もっと妖怪めいた見かけなら、よりよかったんだけど。でもまあ、あんたは身のこなしがそこそこ素早いみたいだし、そういう意味じゃ役に立ちそうだ。仕掛けをするのをやってもらおうかね」

なんのことだと、みおは目をみはった。

そういえばと、ようやく思い出した。さっき、蔵に入ってきたばかりのときにも、青寿は言っていた。みおを仲間にしようとしたと。そして、いまの口ぶりからすると、まだそのつもりらしい。

みおはかっとなった。

「あ、あんたの仲間になんかならない！　悪いことするなんて、ま、まっぴら！」

「ところがどっこい、あんたはなんでもやるんだよ」

涼しい顔をしながら、青寿は倒れている弥助を指さした。

「そこの小僧が大切だろう？　あんたがあたしの言うとおりに動くなら、小僧は大事に扱ってやるよ。大事に大事に、檻に入れて飼ってあげる。でも、逆らうなら首を切る」

「ひっ……」

「小僧がそうなってもいいっていうなら、強情をはるがいいさ。でも、あたしが見たところ、あんたにそんな強さはない。そんな薄情な真似、できっこない。そうだろう、え？」

勝ち誇りながら、青寿はみおをのぞきこむ。みおが弥助を見捨てないと、ちゃんとわかっていて言っているのだ。

みおは泣きながら聞いた。

「なんで……そんなふうになっちゃったの？　な、なんで、そんな冷たい人になって……そんなきれいな目を持ってるのに」

「きれい？」

青寿の形相が一変した。さっと青ざめ、目がつりあがる。

「きれいなもんか！　この目のせいで、あたしがどんな目にあってきたか！　何度こいつをえぐりだしたいと思ったか、知れやしない。あんたなんかに、わ、わかるもんか！」

青寿は、ほとばしるようにしゃべりだした。


信濃の山奥に、子どもが一人いた。青い左目を持つその子どもは、村中からきらわれていた。

鬼神の落とし子、お稲荷さんの祟り子と呼ばれ、外を歩けばだれかに小突かれ、家にこもれば外から石とののしりを投げこまれた。

家族すら、その子どもに冷たい目を向けた。ことに父親がひどかった。

「あいつはおれの子じゃねえ。山の化け物が女房に生ませた化け物だ」

そう言ってはばからず、ついには、母親もろとも子どもを家から叩きだした。

追いだされた母子は、村のかたすみにある小屋に住むことになった。雨風をかろうじてしのげるだけのぼろ小屋だったが、子どもはうれしかった。これで父親の暴力から逃げられたんだと。だが、それはまちがいだった。自分を不幸にしたと、今度は母親が子どもにあたりちらすようになったのだ。

あおめと名づけられた子どもは身をちぢめ、できるだけ傷を負わないように、じっとしているしかなかった。

だが、ただやられつづけていたわけではない。生きようと必死のあおめは、相手の顔色をうかがうのが上手になった。相手の気分、機嫌、望みを読みとれば、なぐられないよう、先回りできる。影のように静かな身のこなしも、身につけた。

そうすると、ひどい目にあわされることが減っていった。それどころか、ある日、あおめは気づいたのだ。自分をいじめている者たちの目の奥に、おそれがあることに。

みんな、自分をおそれている。こわがっている。そのおそれを打ち消すために、こちらを叩きのめすのだ。

そう気づき、あおめははげしい興奮をおぼえた。みなの心は読みとった。ならばもう、おとなしく痛めつけられてやることはない。

十歳になっていたあおめは、ついに反撃に出た。

ある日、自分に石を投げてきた年下の子どもをじっとにらみつけ、「おまえは数日のうちに死ぬ。黒い影が憑いている」と、しわがれた声で言ってやった。

たちまち子どもは真っ青になった。そばについていた親も血相を変え、あおめを追いは

らった。あおめは笑いながら逃げたが、それで終わりにしたわけではなかった。その子どもが一人になるのを見計らい、こっそり近づいてささやいた。

おまえは山の神の怒りを買った。死にたくなかったら、今夜、だれにも言わずに家を抜けだし、山の滝壺から石を拾ってきて、神棚に捧げなくてはならない。

もっともらしく、そう伝えた。自分の左目をかっと見開き、瞳の青さが際立つようにしながら。

子どもは小便をもらしそうな様子で、がくがくふるえながらもうなずいた。

翌日、死んだ子どもの体が村近くの川辺に流れついた。

村人たちが大さわぎする中、あおめは笑った。

あの子どもが山のご神木に登ったことを知っていた。だから、山の神が怒っていると言えば、夜中に滝壺に行くとわかっていた。先日の雨で滝の水かさが増していることも、子どもがきっと足を滑らせ、滝に落ちてしまうだろうことも。

こうして、「子どもが数日のうちに死ぬ」という、あおめの予言は真となった。

それからというもの、秘密や弱みを持つ人間を見つけては、あおめは彼らを「予言」で追いつめ、一人、また一人と、地獄に落としていった。

その中には父親もいた。

山で父が蛇を殺すのを見たあおめは、夜、父の家に忍びこみ、そのわらじに毒草と漆の汁を仕込んだ。足が腫れあがり、歩けなくなった父親に、「あんたは蛇に祟られた」と告げたときは、気分がよかった。絶望と後悔でゆがむ父親の顔。そのあと「なんとかしてくれ」と必死に頼みこんでくるのが、これまた愉快だった。

だが、次第にあきてきた。村人にひどい仕返しをすることにも、この小さな村にいることにもだ。なにか、もっと大きなことをしてみたい。

そんなふうに思いはじめていた年の秋、村に旅回りの一座がやってきた。

一座は、若い女と男が二人ずつ、中年のあいそのいい男、それに人のよさそうな老人の座頭。全員が人当たりもよく、明るい笑顔と話しぶりの持ち主だった。

だが、あおめは一目で見抜いた。彼らは自分と同じだと。

笑いながら一座の者たちは村人たちをじっと見ていた。あの目はいやというほど知っている。探りを入れる目、秘密を嗅ぎだそうとする目だ。

あおめはうれしくなって、すぐさま一座の泊まる小屋を訪ね、自分を仲間に入れてくれと頼んだ。

「あんたたちは役者じゃないんだろ？　どろぼう？　殺し屋？　どれでもいいよ。とにかく、あたしを仲間に入れておくれ」

「おやおや、とんでもないことを言う子だ」

座頭がにこにこしながら言った。が、その目は笑っていなかった。

「どうしてそう思ったのかな？　またどうして、わしらの仲間に入りたいのかね？」

「ここは息がつまる。ちまちま仕返しするのにもあきたんだ」

「ほほう。仕返しって、どんなのかね？」

自分がどんなことをしたのか、あおめは淡々と話した。

話し終えたあと、しばらくだれもしゃべらなかった。もはや、座頭も笑ってはいなかった。針のようにするどく光る目で、あおめを見つめてくる。さあどうすると、あおめは見返した。

と、座頭がはじけるように笑いだした。

「いいだろう。おまえは役に立ちそうだ。では、さっそくわしらの手助けをしてもらおうか。手はじめに、おまえ、長者の蔵の鍵がどこにあるか、教えてくれるかね？」

こうして、あおめは仲間を得たのだ。

10　みおの決心

　そこまで一気に語り終えたあと、青寿は静かに笑った。

「そのあとはまあ、とんとん拍子だったね。このめずらしい目も、人をたぶらかすのにずいぶん役に立ってくれた。いまじゃ、この目はあたしの相棒さ。皮肉なもんだよ、まったく」

　そう締めくくったあと、青寿はふいにみおの首を両手でつかんだ。

　ぎゅっと締めつけられ、みおは息がつまった。苦しいともがくと、それがうれしいのか、青寿はさらに力をこめてきた。目がぎらぎらと燃えていた。

「昔はずいぶん夢見たものさ。あたしは本当に妖怪の子なのかもしれない。だから、いつか、本当の親が迎えに来てくれる。あたしをいじめたやつらをやっつけて、助けだしてくれるって。でも、妖怪は来てくれなかった。そりゃそうだ。あたしはたまたま変わった目

を持って生まれてきただけの、ただの人間だったんだから」

そうわかったとき、自分でも信じられないほどの憎しみが生まれたと、青寿は言った。

「……そのときから、いつか妖怪を手に入れると決めたんだ。どんな妖怪でもいい。そばに置いて、あたしの意のままに扱ってやる。そう決めて、ずっと探してきた。……そして、おまえを見つけたのさ」

「ぐっ、うぅ……」

「あんたはほんとにずるいよ。本物の化け物の子のくせに……生まれも育ちも、あたしとは大ちがいだ。……だからね、あんたは絶対に手ばなさない。あたしの手足となって、あらゆるきたない真似をしてもらう。ふふ。あんたはあたしのものさ。あたしだけのもの」

いっそやさしいとも言える声音でささやかれ、みおはついに目の前が暗くなりかけた。

そのとき、すさまじいさけび声があがり、大きな獣が蔵の壁をぶち破って中に入ってきた。

獣のしなやかな黒い体は青白い炎で包まれていた。そのせいで、どんなすがたなのかもよく見えない。ただ、その目は真っ赤に燃えていた。

青寿がなにかさけび、数人の男たちが刃物をふりまわしながら駆けつけてきた。先頭は、あの荒んだ顔をした男だ。

男は一瞬ひるんだものの、すぐに獣に刃物を突きこんだ。が、獣は素早かった。やすやすと攻撃をかわし、長い体を蛇のように男にからませ、喉へ噛みついたのだ。

悲鳴をあげることもできず、男は倒れた。

倒れる男から矢のようにはなれるや、獣は別の男に前足をふるった。するどい爪が、かまいたちのように男の太ももを切り裂く。そして男が絶叫したときには、獣はすでに別の男に狙いを定めて、飛びかかっていた。

とにかく動きが早かった。早すぎて、目で追うのもむずかしいほどだ。

男たちをあっという間に倒したあと、獣は青寿とみおに向きなおった。赤く燃える目が、みおを見つめる。みおは不思議に思った。獣のすがたはおそろしいもののはずなのに、奇妙になつかしいのだ。

「う、動くんじゃないよ！」

甲高いわめきと共に、みおは冷たいものを喉に感じた。青寿が小さな短刀を抜いて、みおの喉に押しあてたのだ。

獣が動きを止めると、青寿の口元にふてぶてしい笑みがうかんだ。

「なるほど。この子を取りもどしに来たんだね。……いまからあたしはこの子と出る。ちょっとでも動いたら、この子の喉(のど)をかき切ってやるから」

じりじりと、青寿(せいじゅ)はみおを盾(たて)にしながら蔵(くら)の出口に向かいだした。体がすくんで、みおは動けなかった。

そのときだ。

ぐらっと、青寿(せいじゅ)がうしろにのけぞった。それまで床(ゆか)に倒(たお)れていた弥助(やすけ)が、身を転がして青寿(せいじゅ)の足に体当たりを食(く)らわせたのだ。

青寿(せいじゅ)が体勢(たいせい)を崩(くず)したため、短刀がみおの喉(のど)から少しはなれた。その隙(すき)を、獣(けもの)は見逃(みのが)さなかった。

一瞬(いっしゅん)、みおは強い力で上へと放りなげられた。自分の体の下を、風が通りすぎていくのを感じた。そして、次にはしっかりと抱(だ)きとめられていた。

みおは顔をあげた。父の顔が目の前にあった。

みおはうわっと泣(な)きだした。

「と、父さま！　父さまぁぁぁ！」

「みお！　ああ、よかった。みお、みお！」

ぎゅうっと抱きしめあう親子の足元で、かすかなうめきがあがっていた。

「なんであんたなんかに……おっとうがいるんだ。ちゃんといるくせに。助けに来てくれるおっとうがいるくせに。ぜいたくで、わがままで……きらいだよ。大きらいだ」

だが、その声はすぐにかすれ、とだえた。

その後、壁に開いた大穴から出てきたみお、宗鉄、弥助の三人に、小さな影が子犬のように飛びつい

てきた。

津弓だ。弥助とみおの無事なすがたを見て、その顔はぱっと明るくなった。

「弥助！　みお！　よかったぁ！　無事だったぁ！」

「あなたのおかげです、津弓さま。おかげで娘を助けられました」

「おかげでほんと助かった。ありがとな、津弓。おまえ、命の恩人だよ」

「えへへへ」

宗鉄と弥助に礼を言われ、津弓は真っ赤になって照れた。

その津弓に、みおはそっとささやいた。

「津弓……どうして、父さまを呼んでくれたの？」

「いけなかった？」

「そ、そんなことないけど……ただ、呼ぶならきっと、千弥さんだと思ってたから。一番近くにいる人だし」

「うん。そうだよね」

津弓はまじめくさってうなずいた。

「でもね……もし、津弓がみおだったらって、考えてみたの。きっと、宗鉄先生に助けに来てもらいたいんじゃないかって」

「……」

「だから、宗鉄先生を呼びに行ったんだけど、なかなか見つからなくて。鬼蛙のところに行っただの、管狐のとこに行っただの、みんなばらばらなこと言うんだもの。だから、なかなか追いつけなかったの。遅くなってごめんね、みお」

「ううん。ううん、いいの。すごく、うれしかった」

そう言って、みおは津弓をぎゅっと抱きしめた。津弓はますます赤い顔になったが、うれしかったのか、はなしてとは言わなかった。

と、足音がして、千弥が風のように駆けつけてきた。

「弥助！　そこにいるのかい！　無事なのかい！」

「だいじょうぶ。ここだよ。おれ、ちゃんと無事だから」

「ああ、弥助！　よかった！」

今度は弥助が、息がつまるほど抱きしめられた。

いったいなにがあったのかと聞く千弥と宗鉄に、弥助とみおはかわるがわる話していった。青寿のたくらみとあくどさに、大人たちは怒りにふるえた。ことに、弥助を自分の手で助けられなかった千弥は、怒りがおさまらない様子だった。

「ほんとに許しがたいよ。……宗鉄。どうして、青寿という女をわたしに残しておかなかったんだい？」

「いえいえ、いくら千弥さまでもこれはゆずれません。あの女はみおを罠にかけ、傷つけ、わたしの目の前で刃物を向けたのですよ？　どれをとっても、許せることではありません。見逃せるわけがないでしょう」

「見逃せなんて、だれが言った。わたしが到着するまで、手を出すべきじゃなかったと言っているんだよ」

「無理な話です」

「……おまえ、なかなかふざけた男だね」

「娘に関しては、いくらでもふざけた男になりましょう」

にらみあう二人の間に、弥助があわてて割って入った。

「ほらほら、よしなよ。こうしておれたち、無事だったことだしさ。それでいいじゃないか。あ、そういえば、千にい、久蔵のやつは？」

「まだ気を失ってるんじゃないかね」

「……なにやったの？」

「なかなかはなしてくれないものだから、隙を見て、腹にこぶしを見舞ったんだよ。いらついていたから、少し力をこめすぎたかもしれない。でもまあ、おまえがひどい目にあったんだから、あれぐらい、当然の報いだよ」

弥助は少しだけ久蔵のことを気の毒に思った。

だが、すぐに気持ちを切り替え、みおに目を移した。

宗鉄と手をつないでいるみおに、弥助は静かに声をかけた。

「みお、このままうちの長屋に帰るか？　それとも……」

「父さまと帰る」

さいごまで言わせず、みおは言った。

「……いいんだな？」

「うん。もうだいじょうぶ。やっぱり父さまが好き。父さまのそばにいたい」

どわっと、宗鉄が泣きだした。男泣きに泣く父親の手を、みおはそっとにぎりなおした。

「ごめんね、父さま。ごめんなさい」

「うん……いや、うん。うおお……あ、言葉が……す、すまな……」

「うん。うん。わかってる」

父親にうなずきかけたあと、みおは弥助をふりかえった。はにかんだ様子で、口を開く。

「あのね、弥助……あたし、これからもときどき弥助のとこに行ってもいい？」

「ああ、いいよ。いつでも遊びに来なよ」

「ううん、遊びじゃなくて、手伝いをしたいの。あたし、父さまからはいろんなこと習うから。病気の治し方とか、鍼の刺し方とか。お医者さんがいれば、子預かり屋ももっと評判がよくなると思うの。だから……いつかあたしのこと、弥助のお嫁さんにしてくれる？」

その場の全員が言葉を失った。

さいしょに我に返ったのは、やはり弥助だった。

「あ、いや……き、気持ちはすごくうれしいけど……えっと、みおはまだ子どもだし、も、もう少し大きくなってから、そ、そういうこと考えたほうがいいんじゃないか？」

このときだ。弥助の横で、めらっと、冷たい怒りが立ちのぼった。言わずと知れた千弥だ。「わたしの弥助の嫁になりたいだなんて図々しい」とうなる。

だが、弥助がそれをなだめる前に、今度は、別の怒りがはなたれた。

ふりかえれば、めらめらと体から炎を出した宗鉄が弥助をにらみつけていた。

「……弥助さん。あなたには感謝していますが……娘はやりませんよ」

「こっちからおことわりだよ。とっとと連れて帰っておくれ」

「それはどういう意味ですか、千弥さま？　うちの娘に不満があるとでも？」

顔と顔を突きあわせ、いまにも爆発しそうな千弥と宗鉄。それを必死でやめさせようとする弥助とみお。

その横でただ一人、津弓だけがなっとくがいかない顔をしてつぶやいていた。

「津弓が助けを呼んだのに。どうしてみおは弥助なの？　津弓じゃないの？　別にお嫁さんがほしいんじゃないけど……なんかなっとくいかない！」

終章

なんだかんだあったものの、なんとか宗鉄親子を帰し、津弓にも帰ってもらい、弥助と千弥は無事に二人の長屋にもどった。すでに久蔵のすがたはなかった。

もどった弥助たちがまずさいしょにしたのは、茶を飲むことだった。熱い茶をゆっくりとすすれば、それまでの緊張や疲れがやわやわとほどけていく。

二人でほっと息をつき、ほほえみあった。

「やれやれ。とんだ夜だったね、弥助。かわいそうに。ほんとに大変な目にあって」

「うん。でも、みおが宗鉄の旦那と仲直りできたしね。そういう意味じゃ、青寿ってやつ、いいことをしてくれたよ」

「まあ、そうだね。おかげで、あの小娘を追いはらえたし。これでやっともとどおりだ」

うれしくてたまらないと、千弥はにこにこする。弥助は苦笑した。

「と言っても、また新しいお客が来るよ、きっと」

「でも、ほとんどは夜だけさ。昼間はおまえとわたしの二人だけ。ああ、まったくいい気分だよ。うれしいねえ。この幸せ、もうだれにも邪魔されたくないね」

だが、千弥の願いはかなわなかった。

次の日の夜、けたたましい音をたてて、久蔵が駆けこんできたのだ。

「助けてくれ、千さん！　弥助も！」

「……疫病神はお帰りください」

うなる千弥を無視し、久蔵は絶叫した。

「おれの恋人がさらわれた！　取り返すから、手を貸してくれ！」

言葉を失う二人に、久蔵はわけを話しだした。

妖怪の子預かります4

2020年7月10日　初版
2021年9月30日　4版

著　者
廣嶋玲子

発行者
渋谷健太郎

発行所
(株)東京創元社
〒162-0814 東京都新宿区新小川町1-5
03-3268-8231(代)
http://www.tsogen.co.jp

装画・挿絵
Minoru

装　幀
藤田知子

印　刷
フォレスト

製　本
加藤製本

乱丁・落丁本は、ご面倒ですが小社までご送付ください。
送料小社負担にてお取替えいたします。

ISBN978-4-488-02824-4　C8093